साहित्य अकादमी पुरस्कार से सम्मानित आर. के. नारायण का जन्म 10 अक्टूबर 1906 को हुआ। उन्होंने पंद्रह उपन्यास, पांच लघु-कथा संग्रह, यात्रा-वृत्तांत आदि लिखे। उन्हें उनके उपन्यास *गाइड* के लिए साहित्य अकादमी पुरस्कार दिया गया जिस पर उसी नाम से एक अत्यंत सफल हिन्दी फिल्म भी बनी। *मालगुडी की कहानियाँ, स्वामी और उसके दोस्त, डार्क रूम, मिस्टर बी.ए., इंग्लिश टीचर* और *मालगुडी का प्रिन्टर* उनकी अन्य मशहूर रचनाएँ हैं। 13 मई, 2001 को नारायण ने दुनिया से विदा ले ली, लेकिन अपने प्रशंसकों के दिल में वे आज भी ज़िंदा हैं।

डॉ. रोन अपने आपको संयुक्त राष्ट्र के एक बहुत बड़ी योजना पर काम करनेवाले विशेषज्ञ बताते हैं और मालगुडी आकर वहाँ के लोगों को अपने चक्करों में फंसाने की कोशिश करते हैं। और यहीं से बनती है *मालगुडी के मेहमान* की मज़ेदार गाथा जिसमें अनेक दिलचस्प घटनाएं घटती हैं जो पाठक के होंठों पर मुस्कुराहट ले आती हैं।

मालगुडी का मेहमान

(आर.के. नारायण के अँग्रेज़ी उपन्यास
'Talkative Man" का हिन्दी अनुवाद)

आर. के. नारायण

अनुवाद
महेन्द्र कुलश्रेष्ठ

ISBN : 978-93-5064-256-6

प्रथम संस्करण : 2014 © आर. के. नारायण के कानूनी उत्तराधिकारी
हिन्दी अनुवाद © राजपाल एण्ड सन्ज़
MALGUDI KA MEHMAAN (Novel) by R.K. Narayan

राजपाल एण्ड सन्ज़

1590, मदरसा रोड, कश्मीरी गेट-दिल्ली-110006
फोनः 011-23869812, 23865483, फैक्सः 011-23867791
website : www.rajpalpublishing.com
e-mail : sales@rajpalpublishing.com

भूमिका

मैंने काफ़ी बड़ी रचना के रूप में इस उपन्यास की योजना बनाई थी और इसे 'उपन्यास संख्या 14' कर ज़ोरदार शीर्षक दिया था। हालाँकि इसकी प्रगति अच्छी हुई, लेकिन टाइप-किए पृष्ठों के बाद इसने आगे बढ़ने से इनकार कर दिया। जैसे चलते-चलते गाड़ी का पेट्रोल ख़त्म हो गया हो। बातूनी लेखक के पास और कुछ कहने की बातें ही नहीं बचीं। उसने महसूस किया कि इससे ज़्यादा क्या उम्मीद की जाए? यह एक पत्नी की ही तो कहानी है जो अपने मनचले घुमक्कड़ पति पर, जो दुनिया भर के देशों में स्त्रियाँ रखता और छोड़ता चलता है, किसी न किसी तरह अपना जायज़ अधिकार वापस चाहती है। मैंने आपको कबीर स्ट्रीट में रह रहे इस अजूबे की कहानी, जहाँ तक मैं उसे खींच सका, बनाकर सुनाई है, लेकिन मुझे तब उसे झटपट मालगुडी से निकाल बाहर करने का षड्यन्त्र करना पड़ा, जब मैंने देखा कि वह एक बहुत ही छोटी स्कूल की छात्रा को, जिसे मैं जानता था, बरगलाने की कोशिश कर रहा है। और उसमें सफ़ल भी हो रहा है। इसलिए इसके बाद 'समाप्त' शब्द आना ही था।

लेकिन ये 116 पेज काफ़ी क्यों नहीं हैं? मेरे मन में यह सवाल उठता है। कवि या नाटककार तो कभी सौ पृष्ठ से ज़्यादा लिखता ही नहीं, और पाठक भी उसे खुशी-खुशी स्वीकार कर लेते हैं, उपन्यासकार के लिए किताब की मोटाई क्यों ज़रूरी समझी जाती है?

कठिनाई शायद हमारी समझ की है। यह रचना कहानी के हिसाब से ज़रा ज़्यादा लम्बी है और उपन्यास के हिसाब से यह छोटी क्यों है? मुझे दरअसल छोटा रूप ही पसन्द है, क्योंकि उसमें मुझे एक सीमा के अन्दर विवरण देने का अवसर मिलता है, मैं बहुत से विषय लेकर अलग-अलग कहानियाँ लिख सकता हूँ, लेकिन उपन्यास में मुझे एक ही विषय पर कम से कम दो साल तक लिखते

रहना पड़ता है। जब मैं किसी उपन्यास पर काम कर रहा होता हूँ, तब मुझे लगता है कि ढेर सारे चरित्र मेरे दरवाज़े के बाहर खड़े हैं और सब अपने-अपने लेखक की तलाश कर रहे हैं।

जब मैंने अपने लेखक-जीवन की शुरुआत की थी, तब लंदन-स्थित मेरे साहित्यिक एजेंट ने मुझसे कहा था कि उपन्यास कम-से-कम 70 हज़ार शब्दों का होना चाहिए, जो उन दिनों का चलन था। मेरे पहले उपन्यास *स्वामी एण्ड फ्रेंड्स* को इसीलिए प्रकाशक नहीं मिला क्योंकि, मेरे एजेंट के अनुसार, 'पचास हज़ार शब्द उपन्यास के लिए काफ़ी नहीं हैं। उन दिनों उपन्यास की कीमत 6 या 7 शिलिंग होती थी और किताब का खरीददार इतनी रक्म में पर्याप्त कहानी पढ़ना चाहता था। जब मैंने ग्राहम ग्रीन को यह बात लिखी तो उनका जवाब आया : 'तुम अगले उपन्यास के लिए ऐसा विषय चुनना जिसे इतनी लंबाई तक खींचा जा सकता है। लेकिन यह देवी-देवताओं की मेहरबानी से ही सम्भव है। पहले तुम्हें कई विषय सोचने पड़ेंगे और देखना होगा कि उनमें से किस पर इतना लिखा जा सकता है।' सलाह अच्छी थी। नहीं तो मुझे छोटे विषय को ही खींचतान करके बढ़ाना होता, उसमें कपड़े लत्ते, व्यवहार और रहन-सहन, बातचीत, पास-पड़ोस के ढेर सारे निरर्थक विवरण जोड़ने होते—जिन्हें मैं कोई उपन्यास पढ़ते समय छोड़ता चला जाता हूँ। मेरे पाठकों को भी यह करना पड़े इसलिए मैं यह सब ज़्यादा लिखता ही नहीं हूँ। इसके अलावा मेरी आदत है कि दुबारा पढ़ने पर उसके बहुत से अंश काटकर निकाल देता हूँ। तीसरी बार पढ़ूँ तो और भी कुछ निकालना पड़ता है, और पूरी तरह सन्तुष्ट होने पर ही मैं उसे अन्तिम रूप देता हूँ।

मेरे उपन्यासों में यह सबसे छोटा उपन्यास है, लेकिन यदि मैं चाहता तो इसे फुला भी सकता था, कुछ इस तरह कि इसके बाद कमान्डेन्ट सरसा अपने बदचलन पति की तलाश में अब दुनिया के विभिन्न देशों और समाजों में जाती है, तरह-तरह की मुश्किलें सहकर और तरकीबें इस्तेमाल करके उसे फिर पकड़ पाने में सफ़ल होती है, और फिर उसे घरेलू ज़िन्दगी में ढालने का प्रयत्न करती है। इस तरह मैं इसे एक लाख या इससे भी ज़्यादा शब्दों का भी बना सकता था, और हो सकता है कि यह 'बैस्ट सैलर' की सूची में भी आ जाता। लेकिन यह करने के लिए मुझे 'वर्ड प्रोसेसर' की ज़रूरत पड़ती, जो एक ही विषय में बहुत से शब्द मशीन से बाहर फेंक-फेंक कर जिनमें से कई मेरी समझ में ही नहीं आते और उतनी तेज़ी से मैं उन्हें लिख भी नहीं पाता—मुझे निढाल ही कर

देते। पर अब मैं कोई नई मशीन चलाना सीखना भी नहीं चाहता। अब तो मैंने टाइपिंग को भी तिलांजलि दे दी है, क्योंकि जब कभी उसके अक्षर चिपक जाते है या रिबन आगे बढ़ने से इनकार कर देता है, तब मुझे बेहद परेशानी होती है। इसके अलावा मैं आधी सदी पहले ग्राहम ग्रीन द्वारा दी गई इस सलाह को भूलना ही नहीं चाहता, कि ज़रूरत से ज़्यादा विषय को मत खींचो। आकार की अपेक्षा गुण ज़्यादा महत्त्वपूर्ण हैं।

फिर भी मैं कल्पना करना चाहता हूँ कि अगर यह बातूनी उससे पूछता कि अपने इस मूड में वह क्या करती, तो उसका जवाब शायद यह होता : 'मैं उसकी तलाश में और नहीं भटकती, बल्कि उस दिन का इन्तज़ार करती जब वह जेल से बाहर आता। लेकिन इसे होने में बहुत समय लग जाता और लम्बा जेल जीवन उसकी रईसी वाली आदतें और थ्री-पीस सूट की अकड़-फूँको एकदम ख़त्म कर देता। अब कोई औरत उस पर नज़र भी नहीं डालती और उसके लौटने के लिए कोई जगह ही नहीं रह जाती। तब उसे मेरी याद आती लेकिन वह मेरी तलाश नहीं करता। मैं इस समय संयुक्त राष्ट्र संघ की तरफ़ से एक विकासशील देश में काम करने जा रही हूँ। आपके दोस्त को पता भी नहीं चलेगा कि मैं कहाँ हूँ और मैं आपके पास भी अपना पता छोड़कर नहीं जाऊँगी क्योंकि आप बहुत बातूनी हैं और मेरा पता किसी को भी दे सकते हैं। मुझे विश्वास है कि इस लाचार डॉ. रोन को अगर आपकी कबीर स्ट्रीट पर ठिकाना न मिला तो वह कलकत्ता या बम्बई के किसी फुटपाथ पर किसी दिन मरा पाया जाएगा।'

—आर.के. नारायण

लोग कहते हैं, मैं बड़ा बातूनी हूँ। कुछ ने तो प्यार से इसे छोटा करके 'बातू' ही कर दिया है। मैं सोचता हूँ, यह नाम मुझे इसलिए दिया गया है, क्योंकि मैं अपने को रोक नहीं पाता। अपना अनुभव दूसरों को बताने की मेरी इच्छा बहुत बलवती होती है, भले ही पीठ पीछे वे मेरा मज़ाक ही उड़ायें। लेकिन मैं परवाह नहीं करता। मैं बातें न करूँ तो मेरा तो दम ही घुटने लगेगा–शायद पुराणों के प्रसिद्ध नारद मुनि की तरह, जिनके बहुत से गुणों और सफलताओं के बावजूद उन्हें यह शाप भी प्राप्त था, कि हर रोज़ उन्होंने एक गप नहीं हाँकी, तो उनका सिर फट जाएगा। मैं सिर्फ़ यह कोशिश करता हूँ, कि अपने श्रोता–या श्रोताओं–को मज़ेदार ढंग से अपनी बात बताऊँ और ख़ास तौर से वर्मा नामक अपने दोस्त को, जो 'ग्राहकहीन होटल' का मालिक है (वह मेरा बड़ा ध्यान रखता हैं, मेरी कुर्सी वह कोने में उलटकर रखता है जिससे उस पर कोई और न बैठे, भले ही आमदनी के ख्याल से, मैं जब भी वहाँ जाता हूँ, एक कप कॉफी से ज़्यादा मुझसे उसे फ़ायदा नहीं होता)।

मेरी कुर्सी ज़्यादातर उस कैलेन्डर के सामने रखी जाती थी, जिसमें महाभयंकर राक्षस महिषासुर की तस्वीर बनी थी–जिसके गले और बाँहों से लिपटे साँप फुंकारें भर रहे थे, माथे पर राख का लेप हो रहा था, सिर के दोनों तरफ़ बालों के बड़े-बड़े गुच्छे लटक रहे थे और उनके बीच आँखों के चमकते गोले बाहर निकले पड़ रहे थे, और हाथों में हमला करने को तैयार तेज़ भाला सामने की तरफ तना था। मुझे यह तस्वीर कभी पसन्द नहीं आई...इससे मुझे बड़ी परेशानी होती थी।

सात साल पुरानी थी यह तस्वीर जिसे न जाने कब का हटा दिया जाना चाहिए था, लेकिन वर्मा मेरी एक नहीं सुनता था। वह घमंड से कहता : "तीस साल से मैंने कोई कैलेन्डर नहीं फेंका है। घर पर सब दीवारों से लटक रहे हैं, कई जगह चार-चार एक कील पर ऊपर-नीचे। सब देवी-देवता हैं वहाँ। आखिर देवताओं को कौन फेंक सकता है?"

वर्मा नामक इस प्राणी से बहस करने का कोई मतलब नहीं था। यह खुद मेहनत करके बहुत मामूली नौकरी से ऊपर उठा था और अब इस 'ग्राहकहीन होटल' का मालिक बन गया था, और यह तथ्य , उसी के अनुसार, यह प्रमाणित करता था कि वह जानता है कि उसे क्या करना है, और वह कभी गलत नहीं होता। मैं उसे समझाने की कोशिश भी नहीं करता था, बल्कि उसकी टुकड़ों-टुकड़ों में निकलनेवाली यादों को, प्रशंसा के भाव से भी, सुनता रहता था। सौभाग्य से वह ज़्यादा बोलता नहीं था, बल्कि सुनता ज़्यादा था, जो मुझ जैसे बिना रुके बोलते चले जानेवाले व्यक्ति के लिए आदर्श श्रोता था—रुपए-पैसे गिनते समय भी वह अपने सामने बैठे मुझ बातूनी की लगातार चलने वाली कहानी का एक-एक शब्द ध्यानपूर्वक सुनता रहता था।

~

वर्मा को जो कहानी सबसे ज़्यादा पसन्द थी, वह डॉ. रोन की कहानी थी, जो उसे धीरे-धीरे कई हफ्तों तक सुनाकर पूरी की थी।

डॉ. रोन वास्तव में, जो मुझे बाद में पता चला, रंगन नामक हिन्दुस्तानी नाम का आदमी था, जिसे उसने अक्षरों में ज़रा-सा हेर-फेर करके ऐसा बना लिया था कि वह विदेशी लग सके, और यही उसके कौशल का कमाल था। अब उसे जर्मन, रोमानियन या हंगेरियन, कुछ भी समझा जा सकता था—लेकिन वह खालिस हिन्दुस्तानी और धुर दक्षिण के मनियुर गाँव का रहने वाला था, जहाँ टाइल लगे मकानों और झोपड़ियों के बीच सुनहरे खंभे वाला मंदिर और अगल-बगल दूर-दूर तक धान के खेत और नारियल के बाग़ फैले थे, और जिसकी तरह और सैकड़ों गाँव इतने ज़्यादा आम थे कि नक्शे बनाने और इतिहास लिखनेवालों की नज़रों में उसे कभी कोई महत्त्व प्राप्त नहीं होता था।

इसी सरज़मीन से डॉ. रोन पैदा हुआ था। उसके बाल ज़रा-सी सफेदी लिए थे, आँखों में हल्का-सा हरा-नीलापन था और रंग भी कुछ निखरा हुआ-सा था, जो इस जगह के लोगों के लिए खास बात थी। उसकी उत्पत्ति के बारे में मेरा विचार शैतानी लग सकता है, लेकिन यह ऐतिहासिक संभावना ज़रूर थी। ब्रिटिश, फ्रेंच या पुर्तगाली सिपाहियों की कोई टुकड़ी साम्राज्य-विस्तार के पुराने ज़माने में लड़ती-भिड़ती कभी यहाँ आकर ठहरी होगी, और लड़ाइयों के बीच आराम करने के वक्त हमेशा की तरह स्थानीय लोगों के बीच मौज-मज़ा भी करती ही होगी।

उससे मेरी पहली मुलाकात टाउन हॉल की लायब्रेरी में हुई थी। उन दिनों मैं पत्रकारिता की दुनिया में अपने को जमाने की कोशिश में लगा था। तब लोग मुझे विश्वपत्रकार कहते थे क्योंकि मेरे पास किसी एक समाचारपत्र से जुड़े होने का कार्ड नहीं था। फिर भी मैं सवेरे से शाम तक या तो अपनी साइकिल पर या अपने पड़ोसी संबू के स्कूटर पर सारे शहर में चक्कर लगाता रहता था। मैं हाथ में रिपोर्टर की नोट बुक पकड़े और शर्ट की जेब में फाउंटेन पेन लगाये यहाँ-वहाँ जैसे म्यूनिसिपल बोर्ड की मीटिंगों में, मजिस्ट्रेटों की कचहरियों में, या एलबर्ट मिशन के पुरस्कार समारोहों में, दिखाई देता रहता था। मैं शहर की सब तरह की घटनाओं की, अपने वाहन पर सवार कई किलोमीटर का सफर दिन में तय करता था, जिसका अंत देर रात रेलवे स्टेशन पहुँचकर आखिरी डाक में, लेट फीस देकर, अपने लिफ़ाफे डालने के साथ होता था—जो ज़्यादातर मेहनत बेकार ही होती थी, क्योंकि कहीं कोई समाचार-सम्पादक बेसबरी से मेरे समाचार पहुँचने का इन्तज़ार नहीं कर रहा होता था। फिर भी मुझे खुद पैदा किए अपने इस काम में काफ़ी मज़ा आता था और दूसरे दिन किसी अखबार में खाली जगह भरने के लिए भी मेरी दो-चार लाइनों का इस्तेमाल कर लिया जाता था, तो मुझे बहुत खुशी होती थी।

मुझे अपनी रोज़ी-रोटी चलाने के लिए यह काम करने की ज़रूरत नहीं थी। मैं कबीर स्ट्रीट पर बसे उन कुछ परिवारों का हिस्सा था, जो पिछली पीढ़ी की कमाई पर मौज करते थे। इस सड़क पर क़रीब बीस ऐसे परिवार थे, जिनकी लंबी-चौड़ी हवेलियाँ नदी तट तक फैली बिखरी पड़ी थीं। इनके मालिकों का काम यही था कि सड़क के किनारे बने चबूतरे पर आराम से बैठे चलते-फिरते लोगों

और गाड़ियों को निहारा करें, और अपने खेतों से कटकर आने वाली फसल और किराये की रकम लेने का इन्तज़ार करते रहें। यह जाति अब खत्म हो रही थी, और एक सदी पहले इन परिवारों ने शहरी ज़िन्दगी का आराम उठाने और अपने बच्चों को एलबर्ट मिशन के स्कूल में अंग्रेज़ी की शिक्षा दिलाने के लिए कबीर स्ट्रीट में अपने मकान बनवा लिए थे, और इतने ही परिवारों ने एलामन स्ट्रीट पर भी अपने रहने का इन्तज़ाम कर लिया था। इन परिवारों के सदस्यों का काम अब यही रह गया था कि खाते रहें, बच्चे पैदा करते रहें, त्योहार मनाते रहें, दोपहर के समय चबूतरे पर सो जाएँ, और सारी शाम साथियों से घिरे ताश खेलते रहें। लेकिन इनकी औरतें बहुत कम बाहर निकलती थीं, क्योंकि ज़्यादातर ये रसोई में घुसी रहती थीं या भीतरी हिस्से में बने किसी सुरक्षित कमरे में अपने हीरे जवाहरात और सिल्क की साड़ियों की देखभाल करती रहती थीं।

मुझे इस तरह की ज़िन्दगी बिल्कुल पसन्द नहीं थी। मैं कुछ करना चाहता था, और पता नहीं क्यों, पत्रकार बनने के सपने देखता रहता था। मैं घर पर तो बैठता ही नहीं था, और सौभाग्य से अब तक मैं कुँवारा ही था—समाज में मेरी तरह का दूसरा आदमी मेरा पड़ोसी संबू था। जो, अपनी माँ के गुज़र जाने के बाद किताबें पढ़ने में ही अपना समय बिताता था : हालाँकि उसके पिता छपाई की इस दुनिया से एकदम अलग थे, परन्तु उन्होंने संकट में पड़े एक विद्वान को कर्ज़ देकर उसकी लायब्रेरी हथिया ली थी, जो उनके मरने के बाद बेटे को मिल गई थी।

एक दिन क्या हुआ कि मार्केट गेट पर मुझे जुड़वाँ बच्चे सँभाले एक भिखारिन दिखाई दी, तो मैं अपने फोटोग्राफर दोस्त को वहाँ ले आया और उससे इनकी फोटो खिंचवा ली। फिर ज़रा नमक-मिर्च मिलाकर इसकी रिपोर्ट लिखी और टाउन हॉल की लायब्रेरी में जो भी पहला अखबार मुझे दिखाई दिया, उसके पते पर इसे भेज दिया। यह मेरे पत्रकार जीवन की शुरुआत थी। इसके बाद मैंने हर रोज़ लायब्रेरी, यह देखने के लिए कि मेरी रिपोर्ट छपी या नहीं, जाना शुरू कर दिया।

लायब्रेरी का पूरा नाम लॉले मेमोरियल लायब्रेरी एण्ड रीडिंग रूम था, जिसे लगभग पचास साल पहले सर फ्रेडारिक लॉले की वसीयत पर स्थापित किया गया था—उनकी तस्वीर भी खिड़की के पास एक कील से लटकी हुई थी। हॉल के बीच में रखी एक बड़ी मेज़ पर पुराने अखबार और पत्रिकाएँ इधर-उधर पड़ी

थीं, जो शुभचिंतक पड़ोसियों से उन्हें प्राप्त होती थीं, और दीवारों के सहारे रखी बेंचों पर रोज़ाना के आने-जाने वाले बहुत से लोग उन पर नज़रें झुकाये पढ़ने में लगे थे—उन्हें इससे कोई मतलब नहीं लग रहा था कि अखबार नए हैं या पुराने। हॉल के दरवाज़े के बगल में एक बूढ़ा-सा आदमी मेज़ पर बैठा पढ़ने वालों को देख रहा था। वह बहुत पुराने ज़माने से यह काम करता आ रहा था। वह सवेरे ठीक नौ बजे दरवाज़ा खोलता था और शाम को पाँच बजे बंद कर देता था, और उन सब लोगों को भी बाहर निकाल देता था जो दरवाज़ा खुलने पर वहाँ आते और शाम तक बैठे रहते थे। वह कहता था, यह अच्छी बात है कि कमेटी मोमबत्तियाँ और लालटेन नहीं देतीं, नहीं तो ये लोग रात को बारह बजे तक यहीं जमे रहते। वह लोगों पर विश्वास नहीं करता था और उन्हें पसन्द भी नहीं करता था, लेकिन मेरे ऊपर वह मेहरबान था और शायद मुझे पसन्द भी करता था। उसकी बगल में एक खाली स्टूल रखा होता था, जो वह हमेशा मेरे लिए बढ़ा देता था। उसे मेरा काम अच्छा लगता था और मेरी रिपोर्टें भी सुनता रहता था, और उसे उम्मीद थी कि मैं नए अखबार खरीदने के लिए उसे कुछ दानी जुटा सकूँगा। मैंने वर्मा से उसे कुछ पैसा दिलाया भी था—हालाँकि वर्मा कभी किसी को पैसा नहीं देता था—जिनसे हम मद्रास से दो ताज़ा अखबार मँगाया करते थे।

आज मैं रीडिंग रूम में घुसा, तो मेरी सीट खाली नहीं थी, और लायब्रेरियन मुझे देखकर कुछ परेशान भी नज़र आया। एक आदमी पूरा सूट पहने उस स्टूल पर बैठा था। वह इतना ज़्यादा महत्त्वपूर्ण लग रहा था कि लायब्रेरियन उसके सामने सीधा तनकर बैठा उसे देख रहा था, और जैसी उसकी आदत थी, अपने पैरों को भी मेज़ के भीतर आराम से रखने के बजाय कुर्सी के नीचे ही सीधे रखे था। मुझे देखकर उसे चैन मिला और वह ज़ोर से बोला, ''ये साहब आपका इन्तज़ार कर रहे हैं।'' साहब मुझे देखकर ज़रा-सा हिला और मुझ पर नज़र डाली। मैंने भी उसे देखा तो लगा कि यह ज़रूर दूसरों से अलग आदमी है—नीले रंग का कड़क सूट, गले में टाई, चमकते हुए जूते और हाथ में हैट। वह बिल्कुल चुप स्टूल पर जमा था। मुझे उसकी मौजूदगी अच्छी नहीं लगी, और मैं यह कहने को ही हुआ कि ''यहाँ गूँगे की तरह क्यों जमे हो? ज़बान हिलाओ, और मेरी सीट खाली करो। मुझे इस तरह खड़े रहना पसन्द नहीं है।'' अखबारों के पाठक

अपनी-अपनी जगह से हमें घूरकर देख रहे थे, उन्हें भी टाउन हॉल में इस तरह सूट पहने और हैट लिए बैठा आदमी समझ में नहीं आ रहा था। बूढ़ा लायब्रेरियन भी काफ़ी परेशान नज़र आ रहा था।

मैंने इस आदमी पर तीखी नज़र डाली और पूछा, ‘‘आप मुझसे बात करने आए हैं?’’

‘‘जी,’’ उसने कहा।

‘‘तो कहीं बाहर चलते हैं। यहाँ लोगों को परेशान करना सही नहीं है।’’

यह सुनकर वह उठा और मेरे पीछे चलने को हुआ, तो मुझे इसमें अपनी जीत नज़र आई। वरांडे में पहुँचकर मैंने इधर-उधर देखा, तो कहीं जगह नहीं दिखाई दी। मैंने अधिकारपूर्वक अपने साथी से कहा, ‘‘यहाँ तो हमारे बैठने के लिए एक इंच जगह भी नहीं है।’’ फिर मैंने ऊपर से नीचे तक उस आदमी को ध्यान से देखा, तो पाया कि उसका क़द छोटा ही था—हालाँकि स्टूल पर बैठा वह खासा बड़ा लगता था। कहीं एक इंच भी खाली नहीं है, मैंने फिर कहा, ‘‘हर जगह कोई बैठा है।’’ बाहर पार्क में भी लोग भरे हुए थे, कुछ सो रहे थे, कुछ मूँगफलियाँ चटखाकर खाने में लगे थे। सीमेंट की बेंचों पर भी लोग बैठे या सो रहे थे।

‘‘नीचे उतरकर देखते हैं’’, अब उसने ज़बान खोली और मालगुडी के नागरिकों पर जैसे हिकारत से भरी नज़र डालकर कहा, ‘‘ये लोग इस वक़्त भी सो रहे हैं।’’

मैंने कहा, ‘‘रात में सो नहीं पाये होंगे।’’

मुझे अब उसकी परेशानी में मज़ा आने लगा और मैंने कहा, ‘‘हम वहाँ उस पेड़ की छाया में चलकर क्यों नहीं बैठते हैं,’’ और दक्षिणी कोने पर दूर तक फैले बरगद के पेड़ की तरफ इशारा किया, जिसकी शाखाएँ दूर-दूर तक फैली हुई थीं। उसने उधर नज़र डाली तो देखा कि वहाँ भी जगह-जगह लोग बैठे हैं, और एक जगह दो गधे बुत बने चुप खड़े हैं, और ज़मीन पर कुत्ते गुड़ी-मुड़ी होकर लेटे पड़े हैं। उसने मुझे घूरकर हिकारत से देखा। मैंने कहा, ‘‘वहाँ घास मुलायम है,’’ और सोचने लगा, आखिर यह कैसा आदमी है, क्या इसे यहाँ भी स्पेन्सर फर्नीचर डिपार्टमेन्ट से गद्दीदार मंगवा कर दें?

वह बोला, ‘‘मुझे ज़मीन पर बैठने की आदत नहीं है। बरसों पहले खत्म

हो गई।''

''कितने बरस पहले?'' मैंने पूछा और सोचा कि शायद इस सवाल से वह सँभल जाए। लेकिन उसने नज़रंदाज करते हुए अचानक कहा, ''यहाँ कोई बार या अच्छा रेस्तराँ नहीं है जहाँ हम आराम से बातें भी कर सकें?''

मैं अभी तक यह समझ नहीं पाया था कि इस शहर के एक लाख निवासियों के बीच यह मुझसे ही क्यों बात करना चाहता है। हो सकता है, लायब्रेरियन ने इससे मेरी ज़रूरत से ज़्यादा तारीफ की हो। आखिर यह बूढ़ा मुझ में देखता क्या है? हो सकता है, यह रिश्ते मिलाने का काम करता हो, और अपनी बड़ी हो रही पोती के लिए कबीर स्ट्रीट के बड़े घर में रहने वाले इस कुँवारे को पटाना चाहता हो।

''बार या अच्छा रेस्तराँ यहाँ कोई नहीं है,'' मैंने कहा और यह भी उसमें जोड़ दिया, ''और यहाँ न एयरपोर्ट है और न नाइट क्लब, सिवाय न्यू एक्सटेंशन की खाने-पीने की 'किस्मत' नामक दुकान के। आप चाहें तो मैं आपको और भी बहुत सी चीज़ों के नाम बता सकता हूँ जो यहाँ नहीं हैं—और जनाब, बार तो है ही नहीं, हाँ, ताड़ी की छोटी-छोटी झोपड़ियाँ ज़रूर हैं जहाँ मिट्टी के कुल्हड़ों में, और वह भी सड़क के किनारे बैठकर, पीना पड़ता है।''

''शुक्रिया, मुझे नहीं चाहिए। मैं शराब नहीं पीता हूँ। बार में भी मैं संतरे का जूस लेता हूँ और किसी कोने में शान्ति से बैठकर बातचीत करता हूँ।''

''यहाँ तो कोई संतरा और सेब भी नहीं जानता। यहाँ सस्ते फल ही मिलते हैं जैसे आम, अमरूद, बेर वगैरह।'' मेरा मूड अब बिगड़ता ही जा रहा था और अपने शहर में इस शान बघारने वाले आदमी को बरदाश्त नहीं कर पा रहा था—दरअसल मैं ज़रा ज़्यादा ही यहाँ की कमियाँ बताने में लगा था, और मार्केट के उत्तर में बने पाशा के फ्रूट स्टाल का नाम लेना भी टाल गया, जिसमें सामने ही सब तरह के फल सजे दूर से ही दिखाई देते थे। कहते थे कि वह सेब कुल्लू घाटी से ही मँगाता है, अंगूर हैदराबाद से, और मेवे अरब से। उसे हर साल बाज़ार में सबसे अच्छी सजावट का इनाम भी मिलता था।

आखिर हमें फव्वारे के निकट आराम से बैठने की जगह प्राप्त हो गई—दो आदमी अभी वहाँ से हटे थे और मैंने झट से कूदकर वह जगह हथिया ली थी। उसने हारकर वह जगह साफ की और रूमाल बिछाकर उस पर मुँह बनाकर बैठ

गया। फिर मैंने सवाल किया, ''आप यहाँ कब आए?'' और उसके जवाब का इन्तज़ार करने लगा।

लेकिन उसने मुँह नहीं खोला और कई मिनट तक चुप सामने देखता रहा। हारकर मैंने ही मौसम की चर्चा शुरू की और राजनीति वगैरह की छिट-पुट बातें करके उसे यह जताने की कोशिश में लगा रहा कि उसके नीले सूट का मुझ पर कोई असर नहीं हुआ है।

''उस बूढ़े ने मेरे बारे में आप को क्या बताया?'' मैंने पूछा।

''कि आप ही वे आदमी हैं जो मेरी मदद कर सकते हैं।''

''कैसी मदद? मैं नहीं समझता कि मैं इतना महत्त्वपूर्ण आदमी हूँ।''

''यह मत कहिये, अपने बारे में कोई फैसला नहीं कर सकता। आप पत्रकार हैं, लिखते रहते हैं, शहर को अच्छी तरह जानते हैं और समझते हैं कि किसका क्या महत्त्व है।''

यह सुनकर मैं प्रसन्न हो उठा। आवाज़ बदलकर पूछा, ''आप कहाँ से आए हैं?''

''कहाँ से...टिम्बकटू से।''

''मज़ाक छोड़िये।''

''यह मजाक नहीं है। दुनिया के नक्शे में असली जगह है।''

'अच्छा!' मैं बोला, ''मैं नहीं जानता था कि वहाँ से कोई असली आदमी भी आ सकता है। आप पहले ही हैं।''

अब वह गम्भीर हो उठा। कहने लगा, ''अफ्रीका के पश्चिमी किनारे पर बड़ी शानदार जगह है। तेज़ी से आगे बढ़ रहा शहर है, सड़कों पर गाड़ियाँ दौड़ती है, ऊँची-ऊँची इमारतें बनने लगी हैं। अमेरिकी लोग बेतहाशा पैसा लगा रहे हैं वहाँ।''

''अच्छा, आप वहाँ क्यों गए और अब यहाँ क्यों आए हैं?''

''मैं संयुक्त राष्ट्र के एक प्रोजेक्ट में वहाँ गया था।''

क्या प्रोजेक्ट था, यह मैंने नहीं पूछा। यह 'प्रोजेक्ट' ऐसा अद्भुत शब्द है जिसमें बहुत कुछ बिना बताये ही समा जाता है और प्रभावित भी करता है। यह शब्द मुझे अखबारों, विद्वानों, इंजीनियरों और हिम्मत के काम करने वालों में ज्यादा सुनाई पड़ता है। यह शब्द सुनकर आप चुप रह जाते हैं और ज़्यादा

पूछताछ नहीं करते। कई दफ़ा मक्खियाँ उड़ाने या हेडक्वार्टर को रिपोर्ट भेजने का प्रोजेक्ट भी बनता है।

उसे शायद मेरे विचारों का अनुमान हो गया था और उसने खुद बताना शुरू किया, "मैंने जो बहुत सारे आँकड़े इकट्ठे किये हैं, उनकी रिपोर्ट हेडक्वार्टर को भेजना है। मैं एक महत्त्वपूर्ण विषय पर किताब भी लिख रहा हूँ। मुझे किसी ने बताया कि यह छोटा सा शहर बहुत अच्छा है, और यहाँ बैठकर मैं शान्ति पूर्वक अपना काम कर सकता हूँ। यहाँ मैं तीन दिन से हूँ और अपना सारा समय आपके स्टेशन पर वेटिंग रूम में बिता रहा हूँ। ज़रा सी कोठरी है वह और खटमल तो भरे पड़े हैं। सारी रात बैठे-बैठे ही बीतती है। मुझे बताइये, अब रेल मंत्री कौन है और उसे भेजने के लिए खत लिखने में मेरी मदद करें।"

उसके इस बड़बोलेपन से मैं परेशान हो उठा। उसका सवाल नज़रंदाज़ करते हुए मैंने वहाँ घूम रहे, मूँगफली वाले को बुलाया जो सिर पर डलिया रखे मूँगफली बेच रहा था। वह आया तो मैंने वक्त बिताने के लिए उससे भाव-ताव करना शुरू कर दिया, कि वह महँगी बेच रहा है और दाने भी अच्छे नहीं हैं। फिर एक पुड़िया मूँगफली खरीदीं और अपने सामने पत्थर पर उसे रख दिया। मेरा दोस्त आश्चर्य से मुझे देख रहा था। मैंने उसे समझाना शुरू किया, "इनमें प्रोटीन बहुत होता है, और प्रकृति इन्हें पूरी तरह बन्द करके पेश करती है, जिससे कोई भी बैक्टीरिया इसमें प्रवेश नहीं कर सकता। आप सड़क से भी दाना उठाकर उसे तोड़कर खा सकते हैं—डर की कोई बात नहीं है। यह इन्तज़ाम बहुत शानदार नहीं है?"

यह कहकर मैंने एक दाना तोड़ा और उसकी तरफ़ बढ़ाया। वह अपने भीतर सिकुड़ गया और माफी माँगने लगा।

~

उसने दूसरी माँग यह की कि स्टेशन के वेटिंग रूम से उसे बाहर निकालूँ। स्टेशन मास्टर भी उससे बहुत परेशान था। वह छोटे से कद का आदमी था, जिसका काम रोज़ाना दो पैसेंजर गाड़ियाँ जो काफ़ी वक्त देकर वहाँ आती थीं, अपने स्टेशन पर रोकना और चलाना था, और एक्सप्रेस गाड़ियों तथा माल-गाड़ियों

को वहाँ से गुज़ारना था। इन्हें झंडा दिखाने के बाद हर दफ़ा वह उसे हत्थे में लपेटकर बगल में दबा लेता था, और अपने दफ्तर में घुसकर मोटे-से रजिस्टर में दर्ज करने लगता था—उसके सामने लगी तार की मशीन बिना रुके खड़खड़ करती रहती थी। जब सब यात्री चले जाते, तब वह प्लेटफार्म के फाटक पर ताला लगाता और अपने 'क्वार्टर' कहे जाने वाले घर में चला जाता था, जो रेलवे के बेकार पड़े स्लीपरों से घिरा हुआ एक छोटा-सा कॉटेज था, जिसके बगल में गुलमोहर का पेड़ खड़ा था—उसके नीचे उसके बच्चे, जो संख्या में कम नहीं थे, मिट्टी में खेलते रहते थें। वह आत्मसन्तुष्ट सा आदमी था, जो रेलवे के उन हज़ारों कर्मचारियों का हिस्सा था जो दूरदराज़ क्षेत्रों में चुपचाप अपना कार्य करते रहते थे। अभी रिटायर होने में उसके दो साल बाकी थे, जिसके बाद वह यहाँ से सौ मील दूर अपने गाँव चला जाएगा। उसकी ज़िन्दगी यहाँ बड़ी शान्ति से बीत रही थी, लेकिन दिल्ली से आए इस विशेष यात्री के यहाँ फर्स्ट क्लास से उतरने के बाद से उसकी परेशानी एकदम बढ़ गई थी।

जिस बूढ़े कुली ने उसका सामान उतारा, उसने समझा कि वह ज़रूर लंदन से आया है, इसलिए उसे अच्छी टिप मिलेगी। गाड़ी खाली हुई तो कुली ने उसका काफी बड़ा सूट केस उठाने की कोशिश की। यात्री ने कहा, ''वेटिंग रूम ले चलो,'' तो कुली परेशान हो उठा।

स्टेशन मास्टर ने यह दृश्य देखा तो वह अपने दफ्तर से दौड़ता हुआ वहाँ आ पहुँचा।

''आप यहाँ के अधिकारी हैं?'' यात्री ने पूछा।

''जी, सर, मैं स्टेशन मास्टर हूँ यहाँ का,'' उसने ज़रा गर्व से कहा, लेकिन उसमें यह नहीं जोड़ा कि अब मेरे रिटायर होने में दो साल बाकी हैं, इसके बाद मैं अपने गाँव चला जाऊँगा, जहाँ मेरी पुश्तैनी ज़मीन है, ज्यादा नहीं, सिर्फ चार एकड़ और अपना घर भी है।

''वेटिंग रूम कहाँ है?''

''उधर है, सर, लेकिन ज़रा देर रुकें, मैं आपके लिए उसे साफ़ कराये देता हूँ।''

इसके बाद उसने कुली के पकड़े सूटकेस को सँभाल लिया, जो कपड़ों की अलमारी की तरह लंबा-चौड़ा था, और उसे वह खींचकर ले जाने लगा।

यात्री ने कहा, ''इसे खींचो मत। मैं खुद ले जाऊँगा।''

''कोई बात नहीं, सर,'' स्टेशन मास्टर ने कहा, और पूरा ज़ोर लगाकर उसे उठाया और वरांडे तक पहुँचा दिया। कुली वेटिंग रूम की चाभी और उसके साथ झाड़ू, डस्टर, पोछा और पानी की बाल्टी लाने वहाँ से चला गया था। दरवाज़ा खोलकर स्टेशन मास्टर ने कहा, ''अभी आप बाहर ही रहें'' और कुली के साथ मिलकर कमरे की अच्छी तरह सफ़ाई-पुछाई की। वह बराबर यह भी कहता रहा, ''मैंने हेडक्वार्टर से दरी और मेज़-कुर्सी भेजने की अर्ज़ी दाखिल कर दी है।''

दो दिन बीतने के बाद स्टेशन मास्टर को समझ में आया कि इस यात्री का यह जगह छोड़ने का इरादा ही नहीं है। डॉ. रोन सवेरे वहाँ से निकलते थे और रात को ही वापस लौटते थे। नियमों के अनुसार वेटिंग रूम में कोई दो दिन से ज़्यादा नहीं ठहर सकता था, परन्तु डॉ. रोन का रुतबा देखकर स्टेशन मास्टर को उनसे कुछ कहने की हिम्मत ही नहीं होती थी। दूसरी दफ़ा जब मैं अपनी डाक लेकर वहाँ गया तो उसने कहा, 'रेलवेज़ एक्ट'' इस मामले में बहुत स्पष्ट है परन्तु यह आदमी यहाँ से हटने का नाम ही नहीं ले रहा। इससे मेरे लिए मुसीबत खड़ी हो सकती है—तीस साल की मेरी नौकरी में सर्विस रजिस्टर में मेरे खिलाफ़ एक भी शिकायत नहीं दर्ज है—अगर डी.टी.एस. साहब दौरा करने यहाँ आ गए, तो सब खत्म हो जाएगा।

''उन्हें कैसे पता लगेगा कि ये यहाँ इतने दिन से रह रहे हैं?''

''रजिस्टर में सब दर्ज किया जाता है''

''आगे से दर्ज करना बन्द कर दो।''

''तीस साल की नौकरी में मैंने कोई गलत काम कभी नहीं किया है।''

''मैं उससे अगले स्टेशन का टिकट खरीदने को कहूँगा। जिससे वह वेटिंग रूम में इन्तज़ार कर सकेगा। वह कोप्पल का टिकट ले सकता है, जो सिर्फ दो रुपये का आता है,'' मैंने सुझाव दिया। लेकिन स्टेशन मास्टर के चेहरे का रंग नहीं बदला, क्योंकि उसकी तीस साल की नौकरी में दाग़ लग रहा था।

अन्त में मैंने कहा, ''ज़्यादा चिन्ता मत करो। एक या दो दिन में मैं उसके लिए जगह की तलाश कर दूँगा। मुझे विश्वास है कि तुम्हारा डी.टी.एस. साहब अभी आने वाला नहीं है। अगर आ भी जाए तो मेरा नाम ले देना, और सब

ठीक हो जाएगा।''

मुझमें पत्रकार का आत्मविश्वास था, परन्तु किसी पत्र-पत्रिका का कोई कार्ड नहीं था जिससे मैं कह सकूँ कि मैं इसके साथ जुड़ा हूँ। मैंने देखा कि स्टेशन मास्टर इतना दब्बू था कि अब तक उसने मेरा नाम भी नहीं पूछा था, वह मुझे सिर्फ़ 'पत्रकार' कहता था। वह तार की मशीन खड़ खड़ाने में लग गया।

कुछ मिनट में 7-डाउन रेलगाड़ी बाहरी सिग्नल पर पहुँचेगी।

वह उठा और कुली से दौड़कर सिग्नल गिराने के लिए कहा। गाड़ी आकर रुकी और कोप्पल के हफ़्ता बाज़ार से खरीदा सामान टोकरियों में सिर पर लादे और थैले लटकाये यात्री अपने बच्चों के साथ उतरे। मैं डाक के डिब्बे की तरफ दौड़कर गया और लेट फ़ीस देकर अपने लिफाफे उन्हें पकड़ाये। डाक वाले ने कहा, ''आप लेट फ़ीस देकर हमें क्यों यहाँ देते हो, हेड ऑफिस में बिना फ़ीस के ही दे सकते हो।''

''आपकी बात ठीक है,'' मैंने जवाब दिया। ''लेकिन मुझे आखिरी मिनट तक खबर का इन्तज़ार करना पड़ता है। एक मिनट में ही कुछ भी हो सकता है।''

उसने लिफाफे पर मुहर ठोकी, इंजन ने सीटी दी और गाड़ी चल पड़ी और स्टेशन मास्टर उसे हरी झंडी दिखाता अपनी जगह खड़ा रहा। कुली सिग्नल सही करने चल पड़ा।

मैंने कुछ सोचकर जेब से पाँच रुपए का एक नोट निकाला और स्टेशन मास्टर के सामने उसे करते हुए कहा, ''यह त्यौहार मनाने के लिए है।'' कौन सा त्यौहार यह तो मैं बता नहीं सका, लेकिन सोचा कि कोई न कोई तो होगा ही क्योंकि हिन्दुओं में हर रोज़ कोई तो होता ही है। किसी समझदार ने कभी कहा था, ''हमारे यहाँ 365 दिन में 366 त्यौहार होते हैं।'' स्टेशन मास्टर व्यापारियों से इस तरह की भेंट लेने का आदी था, क्योंकि वे गोदाम में अपना माल पड़ा रहना पसन्द नहीं करते थे और चाहते थे कि पहली गाड़ी से ही वह रवाना कर दिया जाए। स्टेशन मास्टर ने खुश होकर नोट जेब के हवाले कर दिया।

मैंने वेटिंग रूम की तरफ इशरा करते हुए कहा, ''यह साहब मामूली आदमी नहीं हैं—ये टिम्बकटू से आए हैं?''

स्टेशन मास्टर मेरे लहज़े से प्रभावित हुआ और बोला—''अच्छा, मुझे पता

नहीं था। लेकिन यह टिम्बकटू है कहाँ?''

मैं खुद नहीं जानता था, इसलिए मैंने जवाब दिया, ''अरे, पता नहीं, अफ्रीका का देश है...अच्छी जगह है।''

स्टेशन मास्टर और खटमलों के बीच डॉ. रोन को वेटिंग रूम में रहना परेशान करने लगा था। मेरे लिए भी हर रात लिफ़ाफा छोड़ने के लिए स्टेशन जाना भी भारी पड़ने लगा था। जैसे ही स्टेशन मास्टर 7-डाउन रेलगाड़ी को जाने की झंडी दिखाता, वह मेरी तरफ मुखातिब हो जाता, परन्तु सौभाग्य से वह तुरन्त खाली नहीं होता था, उसे भूँदड़े कागज़ वाले रजिस्टर पर कुछ लिखना होता था या तार की मशीन पर खट-खट करनी होती थी, हालाँकि इसमें उसे कभी मिनट से ज़्यादा वक्त नहीं लगता था। जब वह इन पाँच कामों के लिए तेज़ी से अपने दफ़्तर में घुसता, मैं भी उसी तेज़ी से वहाँ से रफ़ूचक्कर होने की कोशिश करता, लेकिन जब कभी वह मुझे खिसकते देख लेता, तो मेरी बाँह कसकर पकड़ता और मुझे भी दफ्तर में ले आता। मैं जानता था कि वह क्यों यह करता है—वेटिंग रूम में ठहरे साहब के बारे में बात करने के लिए।

''सर, आप ज़रा मेरी हालत पर ग़ौर करिये—आप इस आदमी के बारे में कुछ ज़रूर कीजिये—यह उसका घर नहीं है।''

''यह सब मुझसे क्यों कह रहे हैं?''

''तो और किससे कहूँ?''

''यह मैं क्या बताऊँ? मैं उसका रखवाला तो हूँ नहीं। तुम खुद उससे बात क्यों नहीं करते?''

''इन साहब लोगों से बात करना मुझे नहीं आता।''

''बड़े अफसोस की बात है। मुझे भी नहीं आता। किसी ने सिखाया ही नहीं।''

वह कहता रहा, ''मैं नहीं जानता, उसके पास कैसे जाऊँ? वह बाहर जाता है, और जब वापस लौटता है, फौरन भीतर घुसकर दरवाज़ा बन्द कर लेता है। एक दफ़ा मुनि ने दरवाज़ा खटखटाया, तो वह उससे लड़ने लगा। बाहर निकलता है तो तेज़ी से चला जाता है। मैं उससे बात ही नहीं कर सकता।''

''विदेशों में लोग इसी तरह रहते हैं—वे बड़ी तेज़ी से चलते हैं और कोई बाधा बरदाश्त नहीं करते। सिर्फ पहले से अपाइंटमेन्ट लेने वालों से बात करते

हैं।''

''अच्छा, मुझे यह पता ही नहीं था,'' उसने बड़ी गंभीरता से कहा।

एक दिन उसने कहा, ''आज सवेरे वह गुस्सा दिखाने लगा। कहने लगा कि मैं रेलवे बोर्ड से शिकायत करूँगा कि तुम्हारा इन्तज़ाम सही नहीं है। लेकिन मैं परवाह नहीं करता। पूरे तीस साल सेवा की है, अब जब चाहे रिटायरमेन्ट ले सकता हूँ। यह अपने को समझता क्या है? वह मेरा दामाद है क्या, जो मैं उसकी देखभाल करूँ?''

''ठीक कह रहे हो तुम,'' मैंने कहा और वह मेरा समर्थन पाकर खुश हुआ।

''वह खटमल और मच्छरों की शिकायत करता है, जैसे मैं उन्हें यहाँ पैदा करता हूँ। लोग रेलवे के बारे में क्या-क्या सोचते हैं।''

रोन को टाउन हॉल में मेरे आने का समय पता चल गया, तो उसने मुझे वहाँ घेरना शुरू कर दिया। उसने लायब्रेरियन से दोस्ती कर ली और भीतरी कमरों में रखी धूलभरी मोटी-मोटी किताबों का भी जायज़ा लेने लगा।

वह कहता, ''मेरे भाई, मैं आप से कहता हूँ कि खटमल हर रात मुझे खाये जा रहे हैं। कुछ कीजिये आप। वह लल्लू-सा आदमी मुझसे कहता है कि उसका यह काम नहीं है कि वेटिंग रूम के खटमल और मच्छर भगाया करे।''

''हो सकता है कि यह रेलवे बोर्ड की पॉलिसी ही हो कि ज़्यादा दिन ठहरने वालों को हटाने के लिए यह सब करते हों।''

''मैं रेलवे बोर्ड को इस बारे में लिखूँ?''

''कोई फ़ायदा नहीं—ये खटमल भी रेलवे की सेवा का हिस्से हैं—ये 'सेवक खटमल' कहे जाते हैं।''

''अच्छा, यह मैं नहीं जानता था,'' उसने मेरी बात को सही समझकर कहा।

''लेकिन आप वहाँ रह ही क्यों रहे हैं?''

मेरा सवाल गलत था। उसने पूछा, ''और कहाँ रहूँ?''

मैंने अपना सिर हिलाया, और सोचा कि वह कोई और काम मुझसे करने को न कहे। लेकिन मैं गलत निकला। उसने कहा, ''मैं यह जगह तभी छोड़ दूँगा जब आप कोई अच्छी जगह मुझे दिलवा देंगे।''

मैंने इस प्रस्ताव को दरगुज़र किया, लेकिन पूछ ही बैठा, ''आपका कब तक यहाँ रहने का प्रोग्राम है?''

''मुझे पता नहीं,'' उसने जवाब दिया, ''जब तक मेरा काम पूरा नहीं हो जाता। मुझे इलाके का अध्ययन करना है, आँकड़े इकट्ठे करने हैं, उनको मिला-जुलाकर लेख तैयार करना है, फिर लिखना है। टाउन हॉल की लायब्रेरी के भीतरी हिस्सों में मुझे कुछ महत्त्वपूर्ण सामग्री मिली है, उन्नीसवीं सदी की शुरुआत में जो लोग यहाँ आकर बस गए थे, उनके अनुभव और समस्याएँ, जिससे मेरे शोध में जान पड़ जाएगी।''

अगली दफ़ा जब मैं स्टेशन गया, स्टेशन मास्टर ने मुझे फिर आ घेरा। ''अब तो हद हो गई है। तीसरा हफ्ता चल रहा है, आपका मित्र हटने का नाम ही नहीं लेता उसने तो वेटिंग रूम को ससुराल समझ लिया है।''

''ठीक तो है,'' मैंने चुटकी ली।

''मैं आपको सौ दफ़ा बता चुका हूँ कि कानून के हिसाब से कोई भी दो ट्रेनों के बीच आठ घंटे से ज़्यादा यहाँ नहीं ठहर सकता, और स्टेशन मास्टर ठीक समझे तो दो घंटे और बढ़ाये जा सकते हैं। इससे ज्यादा बिलकुल नहीं। इस तरह तो मेरी नौकरी ही चली जाएगी।''

''तुम उसे बाहर क्यों नहीं निकाल देते? मेरा उससे क्या लेना-देना है?''

''आप यह तो न कहें, सर! उस जैसे बड़े आदमी के साथ मैं यह कैसे कर सकता हूँ?''

''नियम तो नियम ही होते हैं, और देखा जाए तो वह इतना बड़ा भी नहीं है।''

''उस जैसा शानदार कपड़े पहनने वाला मैंने कोई और नहीं देखा,'' स्टेशन मास्टर ने गम्भीरता से कहा। ''मुझे तो उससे बात करते भी डर लगता है। मैंने मुनि से कहा कि उससे जाकर बात करे, और वह गया भी, लेकिन जैसे ही वह भीतर पहुँचा, साहब ने कड़ककर उससे पूछा, 'क्यों आए हो?' तो वह काँपते हुए वापस लौट आया। अब आप ही मेरी मदद कर सकते हैं।''

मैंने सोचकर कहा, ''अच्छा, यह करो कि उसे अगले स्टेशन के हर रोज़ नये टिकट पर हफ्ते भर या दस दिन और रखो, इस बीच मैं उसके लिए ज़रूर कोई जगह ढूँढ लूँगा।''

स्टेशन मास्टर ने सिर हिलाया, बोला, ''मेरी तीस साल की सेवा...''

मैंने बीस रुपए उसे पकड़ाये और कहा, ''इनसे उसे हर सुबह कुमबुम का टिकट दो और 7-अप से 17-डाउन तक, या जो भी हो, उसे पंच करके उसे

यहाँ ठहरने दो।''

यह तरकीब काम कर गई। पता नहीं उसने ये रुपये जेब में डाले या उनसे टिकट खरीदा, और यह जाँच-पड़ताल मेरा काम भी नहीं है। लेकिन इससे डॉ. रोन को दस दिन और मिल गए।

यह समय मैंने डॉ. रोन के लिए कमरे की तलाश करने में लगाया। परन्तु यह काम असम्भव के बराबर था : वह बता ही नहीं पाता था कि उसे क्या चाहिए। मैं उसे शहर में चारों तरफ घुमाता रहा—पूरब, पश्चिम, उत्तर, दक्षिण। मुझे उसे संबू के स्कूटर पर पीछे बिठाकर ले जाना मुश्किल लगा, इसलिए मैंने ऑटो करना ही ठीक समझा। उसके लिए पहले से बुकिंग करनी पड़ती थी—शहर के नागरिकों को वह बड़ा पंसद आने लगा था। एक दिन मैं अपना सारा कामकाज ताक पर रखकर नल्ली की हार्डवेयर दुकान पर गया, जिसका मालिक गोपीचन्द था। चतुर, चालाक व्यापारी, जो विभाजन के बाद सिंध से यहाँ आकर बस गया था। उसने कहा, ''ऑटो चाहिए तो स्टेंड पर जाओ और मिले तो ले लो। मुझे क्या पता, ये कहाँ होते हैं, मुझे तो ये रात को ही दिखाई देते हैं जब पैसा देने आते हैं।''

इस पर मैंने ज़रा घमंड दिखाते हुए कहा, ''वहाँ मिल जाएँ तो मैं तुम्हारे पास क्यों आऊँ?'' मुझे उस पर ग़ुस्सा आ रहा था। मैंने उसकी कितनी मदद की थी—जब उसने यह ऑटोरिक्शा का काम शुरू किया था, तब हैंडबिल छापने में उसकी मदद की थी, उसकी दुकान से माल खरीदने के लिए ग्राहक लाता था, और उसकी पागलों जैसी पैसा कमाने की स्कीम के लिए सदस्य बनाये थे। उसे यह सब याद आने लगा तो वह ढीला पड़ गया, और कहने लगा, ''अरे, तुम्हारे लिए तो जो चाहो, करूँगा...तुम तो मेरे शुभचिंतक हो।'' इसके बाद लड़के को बुलाकर कहा, ''फौरन जाओ और मुनिस्वामी को ढूँढ़कर लाओ—गाड़ी के साथ।''

हार्डवेयर व्यापार के लिए ये ख़राब दिन चल रहे थे, उसने मुझे टिन के स्टूल पर बिठाया और राजनीति की बातें करने लगा। जब ये बातें ख़त्म हो गईं तो मैं बाज़ार की भीड़ को देखने लगा और वह खुद अपने लोहे के सामानों, कील-पुर्ज़ों, टेढ़ी-मेढ़ी छड़ों, ज़ंजीरों और कुंडों के बीच उचककर बैठा अख़बार पढ़ने लगा।

लड़का लौटकर बोला, ''मुनिस्वामी तो कहीं नहीं मिला।''

गोपीचन्द ने सर उठाकर कहा, ''कल सुबह गाड़ी तुम्हारे घर पहुँच जाएगी। इस वक़्त मुझे माफ़ करो।'' इसकी भरपाई करने के लिए उसने लड़के को बगल की दुकान से मेरे पीने के लिए कुछ लाने को भेजा, जिसे वह एक गंदे से गिलास में डालकर ले आया। पहले तो मैंने उसे पीने से इनकार किया, लेकिन बाद में कुछ सोचकर पी लिया।

दूसरे दिन ऑटो मेरे दरवाज़े पर हाज़िर था। पड़ोसी रामू ने उसे देखकर कहा, ''तो तुमने ऑटो का इस्तेमाल भी शुरू कर दिया?'' रामू कुछ ही दिनों में इतना मोटा और भारी हो गया था कि अब चल-फिर भी नहीं पाता था और बाहर चबूतरे पर खंभे की टेक लगाये सवेरे से रात तक बैठा या तो आने-जाने वालों को देखता रहता था, या कोई आ जाए तो ताश खेलता रहता था। मेरे लिए वह मनुष्य न रहकर सब्ज़ी-भाजी या किसी प्रजाति का नमूना ही रह गया था। उसे ताश खेलना बहुत पसन्द था।

अब उसने अपनी जगह पर बैठे-बैठे ही ऑटोरिक्शों के बारे में टिप्पणी की, कि इस पर सवारी करने से आदमी का खून गर्म होने लगता है, और हड्डियाँ भी ढीली पड़ने लगती हैं। ऑटो के ड्राइवर कारी को यह बात नागवार गुज़री और उसने जवाब दिया, ''लोग हमसे जलते हैं और अफ़वाहें फैलाते हैं। मद्रास की सिम्पसन कंपनी ने इसका ढाँचा बनाया है, और वे जानते हैं कि हमारी हड्डियों के लिए क्या अच्छा है और क्या बुरा।''

यह कहकर वह ऑटो से उतरा और रामू को ताकत के इस्तेमाल से अपनी बात समझाने के लिए आगे बढ़ने लगा। मुझे यह सब पसन्द नहीं आया, और मैंने उसे वापस लौटने को कहा, जल्दी से घर का दरवाज़ा बन्द किया और उसमें जाकर बैठ गया।

''स्टेशन चलो,'' मैंने ज़ोर से कहा।

उसने ऑटो का इंजन चलाया और घर्र-घर्र आवाज़ के बीच कहा, ''इस मोटे की बात सुनी, जैसे...''

मैंने उसे बात बढ़ाने का मौका नहीं दिया।

''इन बातों पर तुम्हें ध्यान नहीं देना चाहिए। ये लोग पुराने ज़माने के आदमी हैं, कबीर स्ट्रीट के ये लोग ज़्यादा नहीं जानते।''

''लॉले एक्सटेंशन के लोग ज़्यादा पढ़े-लिखे हैं। उनकी जानकारी बहुत अच्छी है।''

''ठीक कह रहे हो,'' यह बात सुनकर उसे अच्छा लगा और स्टेशन पहुँचने तक वह एकदम शान्त हो गया था। यहाँ पहुँचकर उसने सामने खड़े पेड़ की छाया में ऑटो खड़ा किया, और वेटिंग रूम की तरफ गया। वहाँ आराम कुर्सी पर रोन अधसोया लेटा था। मुझे देखकर उसने आँखें खोलीं और कहने लगा, ''ज़रा भी नींद नहीं आई।''

''खटमल और मच्छर और गाड़ियों की घड़घड़।''

''तैयार हो जाओ। हम शहर चल रहे हैं।

...मैं बाहर इन्तज़ार कर रहा हूँ।''

मैं बाहर आया तो स्टेशन मास्टर ने दौड़कर मुझे सूचना दी, ''डी.टी.एस. साहब आ रहे हैं...''

''यह तो तुम पहले भी कइ बार कह चुके हो।''

फिर उसने धीमी आवाज़ में मुझसे पूछा, ''यह शराब पीता है क्या?''

''मुझे क्या मालूम?''

''पिछली रात तो वह पागल हो उठा था...किसी मामूली बात पर मुनि को मारने दौड़ा।''

''चलो, मारा तो नहीं,'' मैंने बात को हल्का करने की कोशिश की।

''आप इसे यहाँ से ले जाइये, नहीं तो कुछ हो-हवा सकता है।''

रोन हल्के हरे रंग की नेकर पहने था, जिसमें उसकी शर्ट कमर पर भीतर घुसी हुई थी, सिर पर हैट था जैसे जंगल में शिकार खेलने जा रहा हो या किसी सैनिक अभियान के लिए निकल रहा हो। जब हम ऑटो पर बैठकर मार्केट रोड से निकले, तो वह सड़क की भीड़-भाड़ को इस तरह देखने लगा जैसे जंगल में जानवरों को देख रहा हो। उसकी आँखें आश्चर्य से खुली थीं और गाड़ी की खड़-खड़ से परेशान वह बार-बार कह रहा था, ''ऐसी गाड़ी में तो कभी नहीं बैठा...एक-एक हड्डी टूटी जा रही है।'' मैं प्रार्थना करने लगा कि कारी यह बात न सुन ले। वह बार-बार मुझसे पूछ रहा था, ''आख़िर हम कहाँ जा रहे हैं?''

मुझे इससे परेशानी हो रही थी लेकिन मैं चुप रहा।

सबसे पहले हम अबू लेन पर रुके, जो ईस्ट चित्रा रोड के बगल में पड़ता था। एक पुरानी इमारत के सामने ऑटो रोका। उसे देखते ही रोन चिल्ला उठा, "पिछड़ी हुई बस्ती लगती है। नहीं चलेगी।"

यह पिछड़ी हुई बस्ती क्या हुई? फिर यहाँ तो आपको दिला नहीं रहे... बैठे रहिये...मैं अभी आता हूँ।

वह ऑटो में बैठा रहा, और कुछ ही देर में इस पिछड़ी हुई बस्ती के नौजवान और बूढ़े इस शानदार आदमी और ऑटो के दायें-बायें बने मुँह फाड़कर, हमला करने के लिए छलाँग मारते चीते के चित्र को देखने के लिए इकट्ठा हो गए। मैं बगल में रखी लकड़ी की सीढ़ियाँ चढ़कर एक युवा प्रॉपर्टी एजेंट के कोठीनुमा दफ़्तर में जा घुसा, और उससे शहर में किराये के लिए दिए जाने वाले मकान और दुकानों की सूची लेकर वापस लौट आया। फिर कारी से कहा, "अब नार्थ-ऐंड चलो।"

"नार्थ-ऐंड? कहाँ है यह?"

"नल्लप्पा की झाड़ियाँ पार करके, नदी के उस पार।"

"अच्छा, वहाँ! पर वहाँ तो कोई घर नहीं है," कारी बोला।

"बीस नंबर नार्थ-ऐंड। तुम चलो तो," मैंने कुछ अधिकारपूर्वक कहा।

"वहाँ तो मरघट है...घर नहीं।"

मैंने किराये के लिए खाली मकानों की सूची उसके सामने लहराई और कहा, "यह आदमी तुमसे ज़्यादा शहर को जानता है। समझे। अब बस चलते चलो।"

रोन "मरघट" शब्द सुनकर डर सा गया, और कहने लगा, "किसी और जगह चलिये।"

"डरने की ज़रूरत नहीं है।...अरे कारी, तुम अपनी ज़बान बन्द रखो, बस चलते चलो।"

एक आदमी जो हमारी बातें सुन रहा था, कहने लगा, "मरघट अब वहाँ से हटा दिया गया है।"

इस पर कारी फिर शुरू हुआ, "लेकिन मुर्दे ले जाने का रास्ता तो वही है, और कोई रास्ता ही नहीं है नदी पार करने का...दो दिन पहले..।"

"बस, कारी...ज़बान बंद...," मैंने फिर डपटा। रोन बोला, "मैं नदी के

पार रहना नहीं चाहता।''

''इतने परेशान क्यों हो रहे हैं?'' मैंने प्रश्न किया।

इस तरह पीछे की सीट पर बैठे बहस-मुबाहसा करते कहीं पहुँच न पाने से दिमाग़ ख़राब होने लगा था। वक़्त भी गुज़रता चला जा रहा था। रोन अपना पिछला कोई अनुभव सुनाने में लग गया जब उसे मुर्दों के बीच ही सर्वे करना पड़ा था। उसे खत्म करते हुए उसने फैसला दिया, ''कुछ वक़्त बाद आदत पड़ जाती है।'' यह उसने इतनी शान से कहा कि लोग उसे देखने लगे। मैंने तेज़ पड़कर कारी से कहा, ''ड्राइवर, तुम नार्थ-ऐंड चल रहे हो या नहीं? हमने सड़कों पर घूमने के लिए ऑटो नहीं लिया है...वक़्त बरबाद कर रहे हो तुम...रोन, बाहर निकलो...''

हम दोनों ऑटो से बाहर निकल आए और सड़क पर खड़े हो गए...लोगों की भीड़ लग गई...

''मेरे साथ आइये,'' मैंने कहा, ''हम कोई और सवारी कर लेते हैं।''

''लेकिन हम जा कहाँ रहे हैं?'' उसने सवाल किया।

''आप चले आइये, छह साल के बच्चे की तरह सवाल मत करते रहिये।''

वह मेरे इस रुख़ से सकपका गया और चुपचाप मेरे पीछे चलने लगा। देखने वाले जुलूस सा बनाकर हमारे पीछे-पीछे चलने लगे। दरअसल मैं खुद नहीं समझ पा रहा था कि अब मुझे क्या करना चाहिए। मैं यह सोच रहा था कि गोपीचन्द की दुकान पर जाकर उससे शिकायत करूँ, या जयराज को ढूँढ़कर उसकी मदद से कोई और सवारी लूँ। अब मुझे इक्का ही मिल सकता था, हालाँकि मुझे शक था कि रोन उसमें पालथी मारकर बैठ सकेगा। मैं इतना गंभीर हो रहा था कि सड़क पर किसी और की मुझसे बातचीत करने की हिम्मत ही नहीं हो रही थी। मैं भी बस चलता ही जा रहा था।

ऑटो वाला हॉर्न बजाता हुआ भीड़ चीरकर आया और मेरे पास पहुँचकर पूछने लगा, ''और इस मीटर के पैसे कौन देगा?''

मैंने उसे घूरकर देखा और बोला, ''तुम्हारा मालिक गोपीचन्द, और कौन! मैं पैदल चलकर उसे यह बताने जा रहा हूँ कि तुम्हारे ड्राइवर ने मेरे साथ कैसा बर्ताव किया है, और तुम्हारी सर्विस कितनी ख़राब है। और इन साहब के साथ, जिसने ज़मीन पर कभी पैर ही नहीं रखे।''

हमारे साथ चल रही भीड़ को मेरा यह रुख अच्छा लगा।

उनमें से एक आदमी, बाहर निकलकर कारी से कहने लगा, ''तुम लोगों के साथ तो यही होना चाहिए...एक विदेशी को इस तरह दौड़ा रहे हो...।''

यह फटकार कार्य कर गई। कारी नम्र पड़ गया और बोला, ''नहीं साब, मैंने तो मालिक लोगों से कुछ नहीं कहा। ये खुद बाहर निकल आए...।''

उस आदमी ने टिप्पणी की, ''ठीक है, कोई बात नहीं। अब आप लोग भी इसे माफ़ कर दीजिये। बैठ जाइये।'' मैंने भी यह मौक़ा गँवाना ठीक नहीं समझा और रोन को ऑटो में ढकेलकर खुद भी उसमें जाकर बैठ गया। फिर कहा, ''नार्थ-ऐंड चलो पहले।''

घंटे भर बाद हम नल्लप्पा चौराहे के पास एक टूटे-फूटे पुल से लगे नार्थ-ऐंड नामक स्थान पर पहुँच गए। मुझे यह देखकर मज़ा आ रहा था कि ऑटो के पहियों से टकराता पानी डॉ. रोन की हरी पोशाक तक पहुँच रहा है। रोन के चेहरे पर गहरी परेशानी झलक रही थी, परन्तु वह धीरज से बरदाश्त कर रहा था। नार्थ एण्ड में हमने क्या देखा : घास-फूस की कुछ झोपड़ियाँ और उनके बाद एक खाली पड़ी फैक्टरी, जिसके सब दरवाज़े और खिड़कियाँ चुरा ली गई थीं, इसलिए दीवारों में बड़े-बड़े छेद बन गए थे। फैक्टरी से कुछ दूर एसबेस्टस से बने और खप्परों की छत से ढके चार कॉटेज, जो कर्मचारियों के रहने के लिए रहे होंगे, बड़ी टूटी-फूटी हालत में खड़े थे, जिनकी ज़मीन दीमक की बाँबियों और जंगली पेड़-पौधों से खचाखच भरी थी।

मुझे यह देखकर धक्का लगा कि एजेन्ट ने अपनी सूची पर सबसे पहले इसी को स्थान दिया था। एजेन्ट लड़का ही था और हो सकता है, किसी और पर विश्वास करके उसने इसे इतना महत्त्व दिया हो। कहीं कोई आदमी नज़र नहीं आ रहा था। हम गाड़ी से उतरे ही नहीं। डॉ. रोन हिकारत से मेरी तरफ देखकर मुस्कराया। मैंने कहा, ''ऐसी बातें होती ही रहती हैं...। कारी, अब पीछे मुड़ो और दूसरी जगह है...।''

कारी इतनी दूर तक ऑटो चलाकर बेहद थका-थका लग रहा था। हमारे कान भी फट गए थे, हड्डियाँ चूर-चूर हो रही थीं। टिम्बकटू से आया साहबनुमा आदमी भी नींद के झोंके लेने लगा था, उसकी हल्के हरे रंग की पोशाक अपनी सारी रंगत खो चुकी थी, बगलों और कंधों पर पसीने के टुकड़े चमकने लगे थे,

जैकेट के बटन खुल गए थे जिसके नीचे सफेद-भूरे बालों से भरा सीना दिखाई देने लगा था। अगर हमारी यात्रा जारी रहती, तो शायद उसे अपने सब कपड़े उतारने पड़ जाते। यह हमारी खोज का दूसरा चरण था और हम लंच वगैरह से भी महरूम हो रहे थे। फिर भी हमारा काम पूरा नहीं हुआ था। हमारा आख़िरी सफर न्यू एक्सटेंशन का था—बंगला नंबर 102/सी। ऑटो दरवाज़े पर आकर खड़ा हो गया। मकान एकदम ताज़ा और शानदार लग रहा था। रोन ने फ़ाटक से भीतर नज़र डालकर कहा, ''इसका तो बगीचा ही इतना बड़ा है, कौन देखभाल करेगा इसकी...और इतने बड़े मकान का मैं करूँगा भी क्या?'' उसने सिर हिलाकर भीतर जाने से भी इनकार कर दिया। हमें देखकर मकान का रखवाला भीतर से दौड़कर आया और बोला, ''चाभी मेरे पास है।''

रोन ने जवाब में कहा, ''मुझे इतना बड़ा मकान नहीं चाहिए।''

मैंने एक गाना-सा बनाया और उसे गुनगुनाना शुरू कर दिया, ''न छोटा मकान, न बड़ा मकान, न उत्तर में, न दक्षिण में, पूरब भी नहीं, पश्चिम भी नहीं, न बस्ती में, न कॉलोनी में—तो फिर जय मालगुडी के मेहमान महान, अजब निराली आपकी शान। कहाँ से मैं लाऊँ श्रीमान, आपकी पसंद का मकान।'' मैं हल्के-फुल्के मन का नाटक कर रहा था, हालाँकि मुझे ज़बरदस्त चिढ़ हो रही थी, इस आदमी के लिए मकान की तलाश करने से।

हम दोनों ऑटो में आकर बैठ गये। लौटते हुए 'क़िस्मत' दिखाई पड़ा, तो मैं वहाँ रुक गया। मैंने कहा, ''इसमें चलते हैं, यहाँ हम आइसक्रीम और कॉफी के साथ अपनी असफलता का जश्न मनायेंगे। चाहता तो मैं अपने ग्राहकहीन होटल में जाना था, लेकिन वह मीलों दूर है—और पता नहीं, वहाँ पहुँचते-पहुँचते हमारा क्या हाल हो जाएगा।''

रोन खुश हो गया। हमने अपने को तरोताज़ा किया। मैंने कारी के लिए भी कॉफी और वड़े भिजवा दिये। दरअसल सबसे ज़्यादा मेहनत उसी ने की थी और वह हमसे ज़्यादा थक गया था। जब बिल आया तब रोन की अँगुलियाँ जेब की तरफ़ मुड़ीं, पर मैंने उसे रोक दिया और खुद शान से पेमेन्ट किया—हालाँकि ग्राहकहीन से यह रकम चौगुनी ज़्यादा थी। मैं कबीर स्ट्रीट के इज्जतदार लोगों में था जो अपनी मेहमानवाज़ी के लिए मशहूर थे, भले ही वह कितनी महँगी क्यों न हो!

हम स्टेशन वापस लौटे तो रोन भीतर चला गया, और स्टेशन मास्टर मेरे पास आकर कहने लगा, ''तार से ख़बर आई है कि डी.टी.एस. साहब कल 5 बजे मुआयना करने यहाँ पहुँच रहे हैं। आपके दोस्त को अभी वेटिंग रूम खाली करना होगा। मुझे उसकी सफ़ाई वगैरह करानी है।''

अब कोई उपाय नहीं था। जैसे ही रोन बाहर आया, मैंने कहा, ''आपके पास कितने अदद हैं–यानी सामान के?''

''क्यों? ज़्यादा नहीं हैं।''

''उन्हें फ़ौरन पैक कीजिये। अब बिलकुल वक़्त नहीं है। डी.टी.एस. कभी भी आ सकता है, फिर आपको खुले में रहना होगा। सामान बाँधकर आधे घंटे में बाहर आ जाइये। इतना ही वक़्त बचा है।''

''अजब बात है। वह स्टेशन मास्टर कहाँ है? आप मुझे कहाँ ले जाएँगे?''

''अब वक़्त ज़ाया मत कीजिये और सवाल-जवाब भी नहीं। नहीं तो सामान बाहर फेंक दिया जाएगा। डी.टी.एस. को इसका अधिकार प्राप्त है।''

स्टेशन मास्टर हमारी नज़रों से दूर था, हालांकि मैं जानता था कि वह यह बातें ज़रूर सुन रहा होगा। मैंने रोन से अंतिम बात कही :

''मैं चलता हूँ, लेकिन आपको लाने के लिए ऑटो वापस भेज रहा हूँ ...मुझे बेहद थकान है और अब कुछ सम्भव नहीं है..आप मद्रास की गाड़ी भी पकड़ सकते हैं...।''

''अरे नहीं, यह नहीं हो सकता...''

~

वह जब अपना भारी-भरकम सूटकेस, बिस्तर और दूसरे सामान लिए मेरे दरवाज़े पर आया, तो सारी कबीर स्ट्रीट मेरे इस नए मेहमान को देखने बाहर आ गई।

मालगुडी की आबहवा कुछ ऐसी है जो लोगों की उल्टी-सीधी आदतों को ख़त्म कर देती है। कुछ ही दिन में उसका ऑक्सफ़ोर्ड का सूट ग़ायब हो गया–शायद उसे नैष्थलीन की गोलियाँ डालकर रख दिया गया। डॉक्टर अब शर्ट और पैंट में प्रकट होने लगा। कुछ दिन बाद यह भी लोगों को अटपटा लगने लगा क्योंकि इस स्ट्रीट पर सभी लोग लाल किनारी वाली सादा धोती, उसके ऊपर नंगे बदन,

चलते-फिरते थे या कभी-कभी किसी खास मौके पर आधी बाँहों की शर्ट डाल लिया करते थे। शुरू में कुछ हफ़्ते तो रोन थ्री-पीस सूट पहनकर, यहाँ की सख्त गर्मी में हाँफते हुए ही बाहर आता रहा, और घर के भीतर वह पजामा और धारीदार गाउन पहनकर ही अपने कमरे से बाहर निकलता था—गाउन उसकी कमर पर डोरी से बँधा होता था। सौभाग्य से मेरा घर काफी बड़ा था, और उसमें जगह की कोई कमी नहीं थी। दरअसल यह इतना ज़्यादा बड़ा और फैला हुआ था, और इसमें कोई रहता भी नहीं था, इसलिए कोई चाहे तो बिना कुछ पहने भी वहाँ घूम-फिर सकता था—फिर भी यह साहब गाउन और पजामा पहन कर, पैरों में स्लीपर डालकर और कंधे पर तौलिया रखकर ही अपने कमरे का दरवाज़ा खोलता था।

यहाँ के लोगों के लिए यह वेशभूषा एकदम अनोखी थी। पहले ही दिन मेरे माता-पिता के ज़माने से घर की सफ़ाई करने वाला बूढ़ा वहाँ आया और उसने सामने वाले कमरे से इस गाउन-धारी मनुष्य को निकलते देखा, तो वह ऐसा डरा कि झाड़ू वहीं छोड़कर पीछे कुएँ पर, जहाँ मैं बालटी से पानी खींच रहा था, बदहवास-सा मेरे सामने आकर कहने लगा कि कमरे में पता नहीं कौन आ गया है। और यह ''पता नहीं कौन'' भी झाड़ू लगाने वाले को देखकर घबड़ाया और कछुए की तरह अपने खोल में सिमट गया। कमरे में घुसकर उसने दरवाज़ा भीतर से बन्द कर लिया। लेकिन हमेशा के लिए तो वह बन्द रह नहीं सकता था—आख़िर नित्यकर्म के लिए तो उसे पीछे जाना ही था।

मैंने उससे कह दिया था कि एक सदी पहले के हवेली के इस नक्शे में मैं कोई फेरबदल नहीं कर सकता। पहले तो उसे यह देखकर बड़ी परेशानी हुई कि बाहर वाले कमरे से निकलकर दो आँगन और वरांडे पार करके उसे टट्टी-पेशाब और नहाना-धोना करने के लिए सबसे पीछे बने कुएँ पर जाना पड़ेगा, लेकिन मैंने उसे धीरे-धीरे यह कहकर तैयार कर लिया, कि ''जहाँ इच्छा होती है, वहाँ रास्ता निकल ही आता है।'' नए ढंग की टट्टी भी मैंने बाद में बनवाई थी, जब मैं जायदाद का स्वामी हो गया। पहले ही दिन मैंने विस्तार से समझाया था और कहा था कि ''तुम्हें इसी रूप में यह स्वीकार करना पड़ेगा, मैं कुछ नहीं बदलूँगा। मेरे पास इसके लिए वक्त, पैसा और आदमी, सबकुछ हो, तब भी मैं यह नहीं करूँगा।''

यह कहकर मैंने उसे सारी हवेली का चक्कर लगवाया। जब उसने फ़्लश लैट्रिन देखी तो वह बोला, ''मुझे यह पसन्द नहीं है। मैं अंग्रेज़ी ढंग का आदी हूँ।''

''तो फिर आप गलत जगह आ गए हैं। हमारे कस्बे में अभी तक यह अंग्रेज़ी ढंग के शौचालय नहीं आए हैं, जो शौचालय हैं वह भी बहुत बड़ी प्रगति मानी जाती है। मार्केट रोड में शौचालय आदि के सामान की दुकान भी खुल गई है, लेकिन उसका दिवाला निकला जा रहा है; उसका मालिक चमकती हुई चीनी मिट्टी की चीज़ों के बीच चुप बैठा रहता है। हमारे पुरखे नित्यकर्म के साथ नहाने-धोने का काम भी कुएँ और नदियों के किनारे ही करते थे। यहाँ तो हमारे बगल में ही नदी बह रही है, इसलिए इन कामों के लिए कोई बन्दोबस्त नहीं किया गया। फिर पश्चिमी सभ्यता की तरह हम हर समय अपने को साफ़ नहीं करते रहते। हमारी नदी तो साल भर पानी से भरी रहती है, बस, गर्मियों में उसकी धार ज़रा पतली...'' मैंने पूरा व्याख्यान देकर उसे चुप कर दिया।

''मैं अपने ड्रेसिंग-गाउन का क्या करूँ?''

''अरे, ज़रा-ज़रा सी बात के लिए सिर मत खपाओ। वक्त बीतने पर हर चीज़ सुलझ जाएगी। मैं दीवार पर एक कील लगा दूँगा, उससे टाँग दिया करना अपना ड्रेसिंग-गाउन।''

~

मैंने लेख लिखना शुरू किया, ''टिम्बकटू'' शब्द का अर्थ क्या है? यह कोई परी-कथा है या लड़ाई-झगड़े की कहानी? कई दफ़ा उल्टा-सीधा कोई शब्द...। इस धारा में मैंने करीब सौ शब्द लिख लिए, तो उसके बाद यह लिखा : ''अब मैं इस शब्द को इज्ज़त के साथ प्रस्तुत करता हूँ। क्योंकि आज मैं अनुभव करता हूँ कि अपनी मालगुडी की तरह टिम्बकटू की भी वास्तविक सत्ता है। मैंने टिम्बकटू से आए एक आदमी से अपने हाथ भी मिलाये हैं। आप यह सोचें तो सही होंगे कि मैंने यह निश्चय करने के लिए कि यह आदमी असली है, उसकी पीठ में उँगली भी घुसाई होगी...वह संयुक्त राष्ट्र संघ के एक महत्त्वपूर्ण प्रोजेक्ट पर काम करने के लिए यहाँ आया है, और हमारे लिए यह गर्व की बात है कि उसने

इस प्रोजेक्ट के लिए मालगुडी को चुना है। उसके वर्णन के अनुसार, टिम्बकटू पृथ्वी पर स्वर्ग है और वहाँ का सुख भोगने के लिए आप अपनी मातृभूमि छोड़ने को तैयार हो सकते है।'' इसके बाद मैंने डॉ. रोन के थ्री-पीस सूट में सजे व्यक्तित्व का एक शब्द-चित्र खींचा।

हर पत्रकार के लिए उसकी सफलता या सफलता के विश्वास का एक परम क्षण होता है—जब कोई महत्त्वपूर्ण घटना घटित होती है या उस घटना का उसे ज्ञान होता है। मेरे दरवाज़े पर एक खटका हुआ, और मेरा पड़ोसी वहाँ आकर खड़ा था, वह मोटा आदमी जो चबूतरे से कभी नहीं हिलता। उस विशालकाय के हाथ में एक तार था।

''यह तार आया तब आप यहाँ नहीं थे...मैंने दस्तखत करके इसे ले लिया।''

मैं उसे खोलने लगा। तो वह यह जानने के लिए खड़ा रहा कि इसमें क्या खबर है। मैंने उस पर नज़र डाली और धन्यवाद का शब्द कहा, और सोचता रहा कि यह अपनी काया यहाँ से ले जाए। ओ मोटे, दफ़ा क्यों नहीं होता? मैंने मन ही मन कहा। तार मेरे समाचार-सम्पादक ने भेजा था, जिसमें लिखा था कि तुम्हारा भेजा समाचार अच्छा है, परन्तु टिम्बकटू के आदमी के फोटो के बिना बेकार है। तुरन्त फोटो भेजो।

अब इसके लिए मुझे बहुत सोच-विचार और प्रयत्न करना था। पहली दफ़ा मुझे अपने काम के लिए प्रोत्साहन मिल रहा था। अब तक मैं जो कुछ भेजता था वह सरयू की लहरों पर तैरते झाग की तरह ग़ायब हो जाता था। अगर कभी कुछ छपता भी था तो वह इतना तोड़-मरोड़ दिया जाता था और किसी एक कोने में सबसे छोटे टाइप में डाल दिया जाता था, कि उसे तलाश करके पढ़ने के लिए आतशी शीशे की ज़रूरत पड़ती थी। और उसके लिए कोई पैसा मिलना तो बड़ी दूर की बात थी—भला हो मेरे समझदार पुरखों का जो खर्च करने से ज़बरदस्त परहेज़ करते थे और हर वक्त कमाने में लगे रहते थे, और मेरे लिए इतना जमा करके रख गए। अब मेरे हाथ में इतना महत्त्वपूर्ण तार था और यह भारी-भरकम आदमी मेरे सामने से हटता ही नहीं था, कि मैं सपने देखना शुरू करूँ।

मैं भीतर जाने को मुड़ा तो वह चुप नहीं रहा, ''सब ठीक तो है? कोई अच्छी खबर है?''

''हाँ, अच्छी खबर है...मेरे सम्पादक ने कुछ लिखने को कहा है...हमेशा की तरह।'' मैंने ज़्यादा महत्त्व न देने का ढोंग किया और जाने लगा लेकिन मोटा मनुष्य चालू रहा : ''जब कोई तार आता है तो मैं बड़ा नर्वस हो जाता हूँ। मैं सोच रहा था कि खोलकर पढ़ लूँ और ज़रूरी बात हो तो आपको तलाश करने की कोशिश करूँ।'' यह सुनकर मुझे हँसी आ गई, क्योंकि इस कई तह वाले गद्दे के समान आदमी का मार्केट रोड पर मेरी तलाश में घूमना कितना मनोरंजक दृश्य होता। मैंने उसे ज़ोरदार धन्यवाद दिया और दरवाज़ा बन्द कर लिया।

मैं भीतर ही भीतर इस सन्देश का मज़ा लेने लगा—और सोचने लगा कि इस सफलता की खबर अपने पत्रकार साथियों को दूँ या अभी रुक जाऊँ। दिन भर मैं अपने भविष्य की कल्पनाएँ करता रहा, हो सकता है मैं अब बहुत ऊँचा पहुँच जाऊँ। मैं अपने लिए तथाकथित रचनाशील लेखक बनने की कामना नहीं करता, मैं हमेशा अपने से कहता रहा कि मैं कविता-शविता या कहानी-वहानी लिखने वाला साहित्यकार बनने के स्थान पर समाज के लिए उपयोगी पत्रकार बनना ही पसन्द करूँगा। पत्रकार दुनिया की घटनाओं के बीच खड़ा होता है, वह मानवता के नेत्र का रोल अदा करता है।

ग्राहकहीन होटल के अपने सुनिश्चित कोने में बैठा विचारों में गोते लगा रहा था, सामने रखी कॉफ़ी ठंडी हो रही थी, और वर्मा ने भी मुझे इस मुद्रा में, अपने रुपये-पैसे गिनते हुए भी, देख लिया। उसने बैठे-बैठे ही आर्डर दिया, ''अरे बॉय, देखो, बातू की कॉफी एकदम ठंडी हो गई है, उन्हें गर्मागर्म लाकर दो।''

मैंने आँखें खोलीं और उसे बताया, ''सम्पादक जी का तार आया है...एक, ज़रूरी काम करना है...एक फोटो खींचना है...।''

''अच्छा, किसका?'' उसने उत्सुकता से पूछा।

''तुम्हें बाद में सबकुछ बताऊँगा,'' मैंने अभी खुलासा करना ठीक नहीं समझा। दिनभर इस पर विचार करता रहा और पूरी योजना तय की क्योंकि काम ज़रूरी था और यह मेरा भविष्य बदल सकता था—मुझे जहाँ भी जाना पड़े, उसके लिए तैयार होना था, भले ही कबीर स्ट्रीट के अपने घर का दरवाज़ा ही क्यों न बन्द करना पड़े। लेकिन रोन के बारे में मुझे सन्देह भी था, पता नहीं, वह फोटो खिंचवाने के लिए तैयार हो या न हो। मेरे भीतर कोई यह कह रहा था कि यह काम आसान नहीं होगा। और जब मैंने उससे इसके लिए कहा, तो यह

सच साबित हुआ वह अपने कमरे में था। जब मैंने उससे इसके लिए कहा तो वह एकदम परेशान हो उठा और बोला, ‘‘क्यों?’’

‘‘सिर्फ मज़े के लिए...आप तो बहुत से देशों में रहे हैं और वहाँ के फोटो भी बहुत से होंगे।’’

उसने हाथ हिलाकर बात खत्म कर दी और मेज़ पर पड़े अखबार पढ़ने लगा। अजीब आदमी था उसे खाली कमरा दिया था, लेकिन उसने इसमें एक मेज़, कुर्सी और कैनवास की खाट लाकर डाल ली थी। इससे पहले मैं कमरे में घुसा ही नहीं था—वह नहाने जाता, तब भी ताला लगा देता था। कुछ-न-कुछ करता भी रहता था।

‘‘यह डेस्क कहाँ से लाये?’’

‘‘किराये पर ली है। मार्केट रोड पर एक दुकान है, चार चीज़ें हैं जिनके वे पन्द्रह रुपये लेते हैं। सौदा बुरा नहीं है...डेढ़ डालर से कम ही है। काफ़ी सस्ता है...।’’

यह सुनकर मुझे परेशानी हुई मैंने तो उसे अस्थायी तौर पर यह जगह दी थी, लेकिन वह यहाँ खूँटे गाढ़ने लगा था। मैंने घुमाकर एक सवाल किया, ‘‘पूरे वक्त के कितने दिए?’’

वह बात को टालने लगा। ‘‘देखा जाए तो ज़्यादा नहीं। वह कभी-कभी आकर ले लिया करेगा, वक्त का हिसाब नहीं है।’’

वह तो ज़रा ज़्यादा ही चालाक निकला। मैं चुप रहा, दीवारों पर नज़र डाली और पूछा, ‘‘कोई फोटो नहीं हैं?’’

‘‘कैसे फोटो?’’ उसने सिर हिलाया और बोला, ‘‘मुझे फोटो-वोटो पसन्द ही नहीं है।’’

‘‘मैं तो सोचता था, इतने ज़्यादा देशों में रहे हो, इसलिए तरह-तरह के फोटो ज़रूर होंगे।’’ मैं समझ गया कि यह मुझे फोटो होंगे तो भी नहीं देगा। आज वह जापानी किमोनों पहने था, और गम्भीर लग रहा था।

‘‘मुझे यह रिपोर्ट खत्म करनी है...बहुत देर हो गई है... ज़्यादा घूमने-फिरने से सब प्रोग्राम बिगड़ जाता है।’’

मुझे यह नागवार लग रहा था कि मैं खड़ा था, फिर भी वह बैठा ही रहा। यह जानने की इच्छा भी हुई कि वह क्या रिपोर्ट तैयार करता है—उसके सामने

हाथ से लिखे और टाइप किए कागज़ों का ढेर लगा था। इन्हें वह भेजता कहाँ है? लेकिन मैंने कुछ नहीं पूछा। मेरी इस समय की ज़रूरत उसकी फोटो थी, मेरे भीतर किसी ने कहा कि इस वक्त यह बात मत उठाओ।

बाद में मैंने जयराज से सलाह ली, ''मुझे इस आदमी का फोटो चाहिए... ।''

''उसे मेरे कैमरे के सामने ले आओ, फोटो मिल जाएगी।''

''लेकिन वह कैमरे के सामने आना नहीं चाहता—पता नहीं क्यों। नहीं तो मैं मित्रता के नाम पर अपने साथ फोटो खिंचाने ले आता?''

''दो लोगों का एक साथ फोटो खींचने का मैं पच्चीस रुपया लेता हूँ...''

इसके बाद हमारी बहस शुरू हुई, उसका मेरी समस्या से कोई, लेना-देना नहीं था। मैंने कहा, ''इसका मतलब यह हुआ कि अगर तुम स्कूल के पचास बच्चों का ग्रुप फोटो लो तो भी उसी हिसाब में पैसे चार्ज करोगे?''

''क्यों नहीं?'' उसने जवाब दिया। ''यह मेरी रोज़ी-रोटी का सवाल है। कोई और फोटोग्राफर मिल जाए, तो उससे खिंचवा लो। रीलें ही नहीं मिलती, 35 और 120 के सिवा, न डेवेलपर, न फोटो का कागज़। बुरी हालत है। मेरा ख्याल है कि हमारी सरकार फोटोग्राफ़रों को दबाना चाहती है, इसलिए इन चीज़ों का सही आयात नहीं करती। मुझे जो सामग्री मिल पाती है, वह उन लोगों की मेहरबानी है जिन्हें हम स्मगलर कहते हैं—जो समुद्र किनारे के गाँव कुमबुम में नियमित रूप से अपनी नाव में सामान भरकर आते रहते हैं, और जहाँ मैं हर महीने खरीदारी करने जाता रहता हूँ। बस का किराया एक तरफ का पाँच रुपए है, यानी दोनों तरफ के दस, और यह पैसा भी तो मुझे अपने ग्राहकों से ही वसूल करना है। हमारे कौंसलर साहब अपने फोटो फ्रेम करवाने मेरे पास आए। मैंने कहा, फ्रेम करवाने जो चाहे लाओ, पर फोटो खिंचवाने नहीं। आजकल मैं फ्रेम करने और साइन बोर्ड बनाने का काम ज़्यादा करता हूँ—लेकिन अब इनमें भी... ।''
वह इसी तरह काल्पनिक श्रोताओं के सामने बकझक करता रहा, कि फ्रेम कितने कमज़ोर होते हैं, सस्ती लकड़ी को रंगरोगन करके, फ्रेम कहकर चला दिया जाता है, और यह भी सरकार की नीति है। उसे हर मामले में सरकार की विरोधी नीतियाँ ही नज़र आती थी जो उसे नष्ट करने पर तुली थीं। मैं हमेशा उसे भाषण देने के लिए पूरा समय प्रदान करता था, और मार्केट के शुरू होते ही उसकी दुकान

के आगे निकली पत्थर की बेंच पर आराम से बैठा रहता था। अधिकारी इस बेंच को हटाने की कोशिश करते थे क्योंकि इससे आने-जाने में परेशानी होती थी, परन्तु सफल नहीं होते थे, और जयराज घमंड से कहता रहता था कि इसे यहीं रहने देने के लिए ज़रूरत पड़ी तो वह सुप्रीम कोर्ट तक जाएगा। यह उसका मौलिक अधिकार है और इस पर पाबंदी नहीं लगाई जा सकती।

वह ज़मीन पर बैठा बोलता चला जाता था, और उसके हाथ फ्रेमों को काटने-पीटने और कीलें ठोकने में लगे रहते। पीछे की दीवार के एक खोखे में उसने अपना फोटो विभाग बना रखा था—वह रहस्यमय अँधेरी जगह जिसमें उसने मेहरबान स्मगलर से खरीदकर लाई फोटोग्राफी की बहुमूल्य वस्तुएँ छिपा रखी थीं। जितनी देर वह बोलते रहना चाहता था, वह पूरा समय उसे देकर उसके चुप होने के बाद मैंने कहा :

‘‘प्यारे भाई, मुझ पर मेहरबानी करो। मेरा भविष्य तुम्हारी सहायता पर निर्भर है। मैं उस आदमी को यहाँ लाऊँगा और तुम्हें उसका फोटो खींचना है, लेकिन बिना उसे बताये, सामने से या साइड से, और उसे बड़ा करना है। हमें केवल चेहरे की ही चाहिए।’’

‘‘ठीक है,’’ उसने कहा। ‘‘मेरा कैमरा तो पुराने ढंग का है, तिपाई पर रखकर फोटो खींचने वाला, हालाँकि वह सबसे अच्छा है, लेकिन उससे ऐसा फोटो नहीं लिया जा सकता इसलिए मैं कौंसलर साहब का जापानी कैमरा उनसे ले लूँगा, जो उन्होंने अभी स्मगलर भैया से खरीदा है, बहुत छोटा, हथेली में समा जाता है, और टेलीफोटो लेन्स और सुपरफास्ट फिल्म के साथ तो कमाल की करता है।’’

यह कहकर वह चुस्ती की मुद्रा में उठकर खड़ा हो गया और डार्क रूम के द्वार पर खड़ा होकर कहने लगा : ‘‘यहाँ से मैं बाहर गेट की मीनार पर तुम्हें खड़ा करके तुम्हारी फोटो खींच सकता हूँ। अच्छा, अब मुझे वह दिन और सही समय बताओ जब तुम उसे यहाँ लाओगे। तुम जैसे दोस्त के लिए, जो मेरा सब कहा-सुना बरदाश्त कर लेता है और मुझसे कभी हताश नहीं होता, मैं सब कुछ करने को तैयार हूँ।’’

‘‘यह मैं जानता हूँ। नहीं तो मैं स्टार स्टुडियो क्यों न चला जाता।’’

‘‘वह वाहियात आदमी। उससे हमेशा दूर रहना। वह लाशों के फोटो खींचने

का ही काम करता है–ज़िंदा लोगों के नहीं।''

उसने गम्भीरता से योजना बनानी शुरू की। उसने दूरी और समय का हिसाब लगाया। रोन की जगह मुझे खड़ा करके रिहर्सल किया। इस मौसम में फाटक के नीचे करीब बीस मिनट तक तिरछी होकर धूप गिरती है, फिर वहाँ छाया हो जाती है क्योंकि सूरज ऊपर चढ़ जाता है...।

''मुझे पूरी रोशनी में उसका फोटा खींचना होगा, नहीं तो फ़्लैश इस्तेमाल करना पड़ेगा जिससे उसका ध्यान बँट सकता है। सिर्फ पाँच मिनट मिलेंगे इसके लिए। तुम्हें देखना होगा कि उसका चेहरा मार्केट की तरफ रहे और कुछ सेकिंड के लिए स्थिर हो जाए। इस बीच कोई बीच से न गुज़रे, इसका ध्यान मैं रखूँगा। मैं लड़के की ड्यूटी लगा दूँगा कि इस बीच लोगों को वहाँ से न गुज़रने दे; कोई माइंड भी नहीं करेगा, और इस वक्त आवाजाही भी कम होती है...तुम्हें यह ध्यान रखना होगा कि वह ज़रा देर वहाँ रुकें, चलता न चला जाए। इसके लिए तुम्हें उसे रोककर किसी तरफ़ इशारा करना होगा। इसकी तुम चिन्ता मत करना कि उसके साथ तुम्हारा भी फोटो आ जाएगा–मैं तुम्हारा चेहरा छुपा दूंगा और उसका चेहरा बड़ा कर दूंगा।''

वह कूदकर नीचे आया, फाटक के नीचे मेरे खड़े होने की जगह पर निशान लगाया, मुझे वहाँ खड़ा करके सामने देखने को कहा, दुकान में वापस लौटा। डार्क रूम में जा घुसा और कैमरे से मेरा जायज़ा लिया। मैंने कभी नहीं सोचा था कि वह इस काम में इतनी दिलचस्पी दिखायेगा।

मैंने कहा, ''तुम्हें तो फिल्म डायरेक्टर होना चाहिए था।''

अब मेरी चिन्ता बढ़ गई। रिहर्सल बहुत सफल रहा और अब उसे यहाँ लाने की जुगत इस तरह की ठानी थी कि उसे क्या हो रहा है, इसका पता भी न चले। फिर, उसे एक दफ़ा ही यहाँ लाया जा सकता था, दुबारा लाना असंभव था। यह काम जल्दी भी होना था–देर करने से समाचार सम्पादक की रुचि ही खत्म हो सकती थी। जयराज भी कौंसलर से एक दफ़ा ही जापानी कैमरा माँग सकता था। मुझे डॉ रोन को वहाँ पकड़कर रखना था और उसी दिशा में खड़ा करना था। यह सब बड़ा मुश्किल काम था। इस पर गंभीरता से विचार करने के लिए मुझे कहीं अलग बैठकर सोचना था, इसलिए मैंने परिवार के पूजा-कक्ष में जाने का निश्चय किया। यह दूसरी मंज़िल पर एक छोटी-सी कोठरी थी, जिसमें

सारे देवी-देवताओं की तस्वीरें लगी थीं, और चारों तरफ़ अगरु और फूल-पत्तों की गंध बसी हुई थी। रोन या और कोई हस्तक्षेप न करे, इसलिए मैं इसमें आकर पालथी मारकर बैठ गया और कागज़ कलम हाथ में लेकर सोच-सोचकर लिखने लगा कि कैसे क्या करूँगा। मैंने लिखा :

आज शाम : रोन से मिलना और उसे बताना कि मार्केट में स्वामी की कॉटेज इन्डस्ट्रीज़ में चलना है। उसे इसके लिए किसी भी तरह तैयार करना है। (इससे पहले सैम से बात करनी है कि रोन के लिए एक भेंट की थैली तैयार करे।) रोन को समझाना है कि सैम दुनिया की मशहूर हस्तियों की बड़ी इज़्ज़त करता है और उन्हें अपने यहाँ बुलाकर उनका सम्मान करता है। ऐसे लोगों से दो शब्द लिखवाता है और सँभालकर रखता है। रोन को भी वह बुलाना चाहता है, इसलिए मेरे कहने पर वह इसे स्वीकार कर ले। 10.10 बजे कबीर स्ट्रीट में होते हुए उसके यहाँ जाना। 10.25 बजे मार्केट गेट पर पहुँचना। वहाँ रुककर उसे धीरे से उद्घाटन पट्टी की तरफ धकेलना है। उससे कहना है कि इसे देखे और पढ़े। 10.30 बजे वापस लौटना।

रोन आसानी से इस जाल में फँस गया। मैंने उसका दरवाज़ा खटखटाया, तो देखा कि वह आराम कुर्सी पर लेटा कुछ सोच रहा है। शायद बोरियत महसूस कर रहा था। मैंने सोचा, उसे तैयार करने का यही अच्छा समय है।

''आप कल सवेरे मेरे लिए आधा घंटा निकाल सकते हैं?''

''हाँ, क्यों नहीं, लेकिन क्यों?''

''आप यहाँ इतने दिनों से हैं लेकिन यहाँ की खास चीज़ों से बिल्कुल बेखबर हैं।''

''काम से ही फुरसत नहीं मिलती...''

''हाँ, हाँ, यह तो मैं देख ही रहा हूँ। फिर भी कुछ तो देखना ही चाहिए। आपको ज़रूर पसन्द आएंगे...मैं मार्केट में आपको अपने एक बड़े मित्र से मिलाना चाहता हूँ।''

''मार्केट में! वहाँ तो बड़ी भीड़ होती है।''

''हमेशा नहीं होती। मैं ऐसे वक्त ले जाऊँगा जब वहाँ शांति होती है। मैं आपको एक हैंडीक्राफ्ट (हस्तकला) की दुकान दिखाना चाहता हूँ—छोटी-सी

है, जिसका मालिक मेरा मित्र सैम है—'जीनियस' आदमी है, बढ़िया काम वाला। लाख और चंदन की लकड़ी की ऐसी चीज़ें बनाता है जो दुनिया भर में मशहूर हैं। कई अन्तर्राष्ट्रीय इनाम भी मिले हैं। अफ्रीका, यूरोप, अमेरिका वगैरह सब जगह उसके एजेंट हैं। दुनिया भर के लोग उसे जानते हैं और विदेशी खास तौर से उसे ढूँढ़ते हुए यहाँ आते हैं और सामान ले जाते हैं। यहाँ के लोग भले ही उसे न जानें, लेकिन विदेश से आने वाला कभी उससे मिले बिना नहीं जाता। उनका पहला सवाल यही होता है, 'सैम्स क्राफ़्ट्स दुकान' कहाँ है? सवेरे दस बजे यहाँ से निकलेंगे, आधा घंटा उसकी दुकान पर बितायेंगे और वापस लौट आएंगे उसे भी आप जैसे विख्यात व्यक्ति से मिलकर बड़ी खुशी होगी।''

मेरे टाइम-टेबिल के अनुसार सारा कार्यक्रम सही-सही चला। मैं मार्केट गेट के नीचे रुका, वह भी रुका। मैं अलग हट गया और नाम पट्टी की तरफ़ इशारा करके उसे समझाने लगा। उसकी नज़रें वहीं टिकी रहीं, और जयराज के अँधेरे कमरे से खट की आवाज़ सी भी मुझे सुनाई पड़ी। मैं बात करता रहा।

वह कह रहा था, ''इस पर मिट्टी चढ़ी है, और आप चाहें तो इसे खुरच कर नीचे लिखी तारीख भी पढ़ने की कोशिश करें।''

मेरा काम हो गया था, इसलिए मैंने कहा, ''इस सबकी क्या ज़रूरत है,'' और हम सैम की दुकान की तरफ़ बढ़ गये।

~

मैं हमेशा की तरह ट्रेन में अपना लिफ़ाफा डालने गया था, तो स्टेशन मास्टर दौड़कर मेरे पास आया और उत्तेजना दिखाते हुए कहने लगा, ''आज 7-डाउन से एक काफ़ी बड़ी औरत आई है, और वह भी वेटिंग रूम में उसी तरह जमकर बैठ गई है जैसे लंदन वाला वह आदमी रहने लगा था, जिसे आप अपने साथ ले गए थे—अब इस औरत को भी आप ही ले जाइये।''

मैंने कहा, ''जो भी हो यह औरत, इससे मेरा क्या वास्ता?''

''और मेरा भी क्या वास्ता'', वह बोला। ''वेटिंग रूम मेरी पुश्तैनी जायदाद तो है नहीं, जो मैं हर किसी को...''

वह अपना वाक्य पूरा भी नहीं कर पाया था कि उसकी चर्चा का विषय

सामने से आता दिखाई दिया—छह फुट लम्बी—पहली नज़र में वह इतनी ही लगी—गहरा साँवला रंग, कटे-छँटे बाल, जीन्स और टी शर्ट पहने, बाहर निकलती छातियाँ-मालगुडी में अपनी तरह की पहली औरत वह तेज़ी से हमारे पास आई—मैं समझ गया कि छुटकारा नहीं है।

"आप जर्नलिस्ट लगते हैं," उसने डरावने स्वर में कहा, मुझे ट्रेन में लिफ़ाफा डालते हुए देख लिया होगा। उसने अपने हैंड बैग से एक प्रेस कटिंग निकाली, "टिम्बकटू मैन" जिस पर मेरा भेजा फोटो भी छपा था।

"यस, मैडम," मैंने डरते-डरते कहा।

"मुझे कोई धोखा नहीं दे सकता", वह बोली।

नाटे क़द का स्टेशन मास्टर वहाँ से खिसक चुका था और चुपचाप हमारे ऊपर नज़र रख रहा था। मुझे इस औरत के व्यवहार से दहशत हो रही थी, फिर भी मैंने सख्ती दिखाते हुए कहा, "इसका क्या मतलब है?"

"मतलब यह है," उसने अपना लहज़ा नहीं बदला और कहा, "कि अगर आप जानते हैं कि यह तथाकथित डॉक्टर कहाँ है, तो आप मुझे उसके पास ले जाएँगे।"

"क्यों?"

"क्योंकि मैं उसकी बीवी हूँ—और अकेली वो बीवी जिसने उसके साथ मन्दिर में आग के सामने मन्त्र पढ़कर शादी की है।"

मुझे यह कहानी समझने में कुछ वक्त लगा। इसलिए उसने स्पष्ट किया, "उसकी बहुत सी बिना शादी के रखी हुई औरतों में से अकेली, और एकदम पहली, बाकायदा शादीशुदा पत्नी।"

"आप यह सुनकर परेशान क्यों हो रहे हैं?"

"नहीं, परेशानी क्या," मैं और कुछ नहीं कह सका। इस महिला पर विश्वास किया जाए तो डॉ. रोन की सारी तस्वीर ही बदलती नज़र आ रही थी। स्टेशन मास्टर भी यह सुनकर पीछे आ गया, उसकी बगल में लिपटा हुआ झंडा घुसा था और कुली भी पीछे था। प्लेटफार्म पर इस समय और कोई नहीं था। वह कुछ देर तक उन्हें ध्यान से देखती रही, फिर बोली, "स्टेशन मास्टर साहब, आपका आज का काम खत्म हो गया?"

"करीब-करीब... 9-अप अब 20 बजे आएगी।"

"यह 20 बजे क्या हुआ? अच्छा, आपका मतलब शाम के 8 बजे आएगी। दिन के 24 घंटो को आप दो आधे हिस्सों मे नहीं बांटते बल्कि 1 से लेकर 24 तक गिनती करते हैं।

"ठीक है, मैडम," जवाब आया।

"यह आपका अकेला कुली है?" महारानी ने कुली को देख लिया है, इससे खुश होकर वह आगे आया।

स्टेशन मास्टर बोला, "मैडम, मैं यहाँ तीस साल से हूँ।" रानी ने उसका यह वक्तव्य चुपचाप स्वीकार कर लिया, कहा कुछ नहीं, इसलिए वह फिर कुछ कदम पीछे हट गया, परन्तु ध्यान इधर ही लगाये रहा। स्त्री ने अपने हाथ हिलाये और कहा, "हर स्टेशन पर दो सीमेंट बैंचें रखी जाती हैं, पर यहाँ एक भी नहीं है। हम वेटिंग रूम में चलते हैं, वहाँ कुर्सियाँ तो हैं।" उसने अधिकारपूर्व कहा।

मैं उसके पीछे चल पड़ा। उसका रवैया दबंग जैसा था। स्टेशन मास्टर भी हमारे पीछे चला।

उसने वेटिंग रूम से दो कुर्सियाँ निकालीं।

मैं आगे बढ़ा, "अरे! आप नहीं, मुझे दीजिए..."

उसने मेरी बात पर कोई ध्यान नहीं दिया और बोली, "आपने देखा है उसे। मुझे उसके बारे में सब बताइये।"

"मैं ज़्यादा नहीं जानता...बहुत संक्षिप्त मीटिंग थी हमारी। उसमें मेरी रुचि इसलिए थी क्योंकि...," उसने मुझे वाक्य पूरा नहीं करने दिया और कहा :

"मैं उसके बारे में सिर्फ यह जानना चाहती हूँ कि वह है कहाँ, और कुछ नहीं।"

उसने मुझे इस तरह घूरकर यह पूछा कि मुझे कहना पड़ा, "मेरी जेब में तो है नहीं," और हँसने की कोशिश की। मैं उससे टाउन हॉल की लायब्रेरी में सिर्फ पन्द्रह मिनट के लिए मिला—वहाँ वह कुछ सामग्री लेने आया था और कोई बाधा उसे पसन्द नहीं थी।"

"बड़ा पढ़ाकू बन गया है। क्या बात है। यह जानकर अच्छा लगा कि किताबें उसे अभी भी पसंद हैं।" यह कहकर वह मुँह बनाकर हँसी।

फिर वह गम्भीर हो गई और बोली, "मैं सिर्फ यह जानना चाहती हूँ कि इस वक्त वह कहाँ है। मुझे ज़रा-सा भी सुराग दोगे तो जो चाहोगे, इनाम दूँगी।"

मुझे यह सुनकर अटपटा लगा और मैंने कहा, "मुझे इनाम की ज़रूरत नहीं है। उसके बिना ही मैं ज़िंदा रह सकता हूँ।" स्टेशन मास्टर यह सुनकर आगे आया और बोला, "मैडम, साहब बड़े पैसे वाले हैं। कबीर स्ट्रीट के बड़े परिवारों में एक है।"

वह बोली, "आप अपने काम से ताल्लुक रखिये।"

स्टेशन मास्टर यह सुनकर वहाँ से एकदम गायब हो गया और कुली भी उसके साथ चला गया। मैं उठकर बोला, "मैं भी चलता हूँ। मुझे माफ़ कीजिए। उसके बारे में मुझे यह विशेष बात लगी कि वह टिम्बकटू से आया है, इसलिए उसकी मैंने खबर बना ली। फिर वह मुझे दिखाई नहीं दिया, न मुझे उसकी ज़रूरत महसूस हुई। बस, यही कहानी है उसकी। वह लम्बी दूरी की बसों की जानकारी इकट्ठा कर रहा था...बस, यही जानता हूँ मैं। हाँ, अगर वह यहाँ कहीं है तो ज़रूर कभी दिखाई पड़ जाएगा।" मैं जो भी सोच सकता था, उससे कह दिया। "मैं सोचता हूँ कि आप मद्रास या ऐसी किसी जगह उसकी तलाश करें, यहाँ अपना वक्त बर्बाद न करें।" यह कहकर मैंने अपनी कुर्सी उठाकर भीतर रखी और कहा, "गुड नाइट।"

उसके सामने मुझे बहुत परेशानी हो रही थी और लग रहा था कि कहीं मैं सच ही न बोल दूँ। इसलिए मैं ज़रा ज़्यादा ही तेज़ी से चल पड़ा और एक-दो दफ़ा पीछे मुड़कर भी देखा कि कहीं वह मेरा पीछा तो नहीं कर रही है। लेकिन वह कुर्सी पर जमी मुझे जाते देखती रही।

~

मेरे कई दफ़ा दरवाज़ा खटखटाने के बाद रोन ने दरवाज़ा खोला। वह किमोनो पहने था और उसके चेहरे पर जैसे गुस्सा था। मुझे उसका यह रुख अच्छा नहीं लगा, उसे मैंने बिना किसी कारण रहने को स्थान दिया था। स्टेशन के वेटिंग

रूम में उसे खटमल तंग कर रहे थे, इसलिए उसकी मदद करने के विचार से मैं उसे अपने यहाँ ले आया था। फिर भी वह मेरे साथ ऐसा व्यवहार कर रहा था। जैसे मैं होटल का नौकर हूँ और उसकी आज़ादी में खलल डाल रहा हूँ।

''आप दरवाज़े पर 'परेशान मत करो' का बोर्ड क्यों नहीं लटका देते? मैं सोचता था कि आप जिन बहुत से होटलों में ठहरे हैं, वहाँ से निशानी के तौर कुछ सोवेनिर लाये होंगे।''

यह सुनकर उसे धक्का सा लगा। ''ऐसा क्यों कह रहे हैं?''

''बहुत व्यस्त लग रहे हैं–'' मैंने कहा। वह खाली था और मेरी मूर्खतापूर्ण सद्भावना से दी हुई आराम कुर्सी पर सुस्ता रहा था। उसे मेरे लिए दरवाज़ा खोलने में परेशानी हो रही थी। उसकी मेज़ पर कोई कागज़ नहीं थे और न कुर्सी या बिस्तर पर कोई किताब थी। वह सिर्फ छत की तरफ़ देख रहा था और इधर-उधर की सोच रहा था–लेकिन मेरे साथ यह व्यवहार। उसके लिए तो खटमल ही सही थे।

लेकिन शीघ्र ही मेरा गुस्सा शान्त हो गया और मैं सोचने लगा कि जो समाचार मेरे पास है, उसके जानने पर इसका क्या हाल होगा–इसकी यह सब शानबान और विदेशों की बनावटी चमक एकदम ग़ायब हो जाएगी। इसलिए मैंने दरवाज़े से ही नाटक के पहले वाक्य की तरह घोषणा की, ''एक महिला मिलने आई है,'' और यह कहकर अपने पीछे का दरवाज़ा बन्द कर दिया–जो सोच-समझकर किया गया सही व्यवहार का उदाहरण था। यह कहकर मैं सीधा पीछे जाकर बाथरूम में घुस गया और देर तक वहीं बना रहा। मैंने उसे दरवाज़ा खोलकर अपने पीछे आते हुए सुना, लेकिन मैं रुका नहीं और बाथरूम में भी मैंने काफ़ी समय लगाया।

जब मैं बाहर निकला तो वह वहीं खड़ा मेरा इन्तज़ार कर रहा था, उसका चेहरा सवालों से भरा था, कुछ पीला भी पड़ गया लगता था और किमोनो के भीतर उसका कद भी कुछ इंच कम हो गया था। मुझे हाथ-मुँह धोने की ज़रूरत नहीं थी, लेकिन उसे परेशान करने के लिए मैं उस पर छींटे मारता रहा। उसे खड़ा देखकर मैंने बनावटी 'अरे' कहा, फिर तेज़ी से आँगन पार करके अपने कमरे में आ गया। वह मेरे पीछे वहाँ भी आ पहुँचा। मेरे कपड़े मकान के कमरों में इधर-उधर बिखरे पड़े रहते थे, और मुझे जो चाहिए होता एकदम नहीं मिलता

था—तौलिया किसी कमरे में, रूमाल कहीं, पैंट कहीं और....। अब मैं पानी से तरबतर था, आँखों से पानी चू रहा था, सारा बदन गीला था—मैं ज़ोर से चिल्लाया, ''पता नहीं मेरा तौलिया कहाँ है?'' इसे सुनकर रोन अपने कमरे में गया और मेरे लिए एक साफ तौलिया लेकर आया। उसने मेरे लिए कुछ किया, यह देखकर मुझे अच्छा लगा। मैंने अस्फुट शब्दों में उसे धन्यवाद दिया और अपना मुँह और सिर पोंछा। इस वक़्त हम गलियारे में खड़े थे।

''मैं इसे कल धुलवाकर वापस कर दूँगा,'' मैंने कहा।

''कोई बात नहीं। जल्दी की ज़रूरत नहीं है,'' वह बोला।

''कितना मुलायम और मज़बूत है,'' मैंने उसे सहलाते हुए तारीफ़ की और बाहर निकलकर रोशनी में उसे फैलाकर देखा। उसके एक कोने में लिखा था, ''नेविल''।

''यह क्या है?'' मैंने पूछा।

''रोडेशिया का होटल है। यह वहाँ की निशानी है।'' शायद उसने इसे चुराया होगा।

''वहाँ कितने दिन रहे?''

''प्रोजेक्ट के सिलसिले में कई दफ़ा...''

''लोग कहते हैं कि वहाँ काले लोगों को परेशान किया जाता है...''

''इतना ज़्यादा नहीं। इस पर विश्वास न करें। मेरे लिए तो कोई प्रॉब्लम नहीं थी—संयुक्त राष्ट्र का पासपोर्ट मुझे हर जगह जाने देता है।''

मेरी इच्छा हुई कि मैं इसी विषय पर देर तक बात करता रहूँ, लेकिन मैं जानता था कि वह महिला के बारे में जानने के लिए व्यग्र हो रहा होगा, हालाँकि इसे वह दिखाना भी नहीं चाहता होगा। अचानक मुझे उस पर दया हो आई—उसकी बदहवासी और मेरा इस तरह पीछा करने से मेरा भाव बदलने लगा था। ''उस महिला के बारे में पूछ रहे थे न?''

''हाँ, हाँ,'' उसने ठंडी साँस लेकर कहा। ''मैं कुछ समझ नहीं पाया। कौन है वह?''

''स्टेशन मास्टर कह रहे थे कि उसके हाथ में एक फोटो था जो आप जैसा लग रहा था।''

''अच्छा,'' उसने चौंककर कहा।

टेलीग्राफ ''अखबार में छपे चित्र से मेल खाता है।''

''मेरा फोटो कहीं कैसे पहुँचा?''

''इन अखबारों के अपने साधन होते हैं।''

''वह लगती कैसी है?''

''मैंने काफी समय पहले लड़कियों को घूरना बंद कर दिया था, इसलिए न उसकी शक्ल सूरत बता सकता हूँ और न उसके गुणों के बारे में कुछ कह सकता हूँ। जो हो, मैं कपड़े पहनकर आपके कमरे में आता हूँ, वहाँ मेरा इन्तज़ार करें।'' मैं पहुँचा तो वह बेसब्री से मेरा इन्तज़ार कर रहा था। मैंने कपड़े छाँटने में काफी समय लगाया, फिर शीशे के सामने खड़े होकर देर तक अपना नक्शा ठीक किया—यह लम्बा गोल खूबसूरत शीशा, जिस पर सुनहरी पट्टी लगी थी और पट्टी पर घूमते हुए पत्तों की बेल तराशी हुई थी, जो शायद मेरी दादी को शादी के समय मिला होगा और अब जिस पर दाग़ भी थे तथा जगह-जगह पत्तर भी उखड़ गई थी। अब बेवजह स्नान करके सफेद कुर्ता तथा किनारी वाली धोती पहनकर, और कंधे पर वस्त्र डालकर मैं दुनिया के शहंशाहों से मिलने के लिए तैयार था। मैं टहलता हुआ उसके कमरे की ओर गया, तो देखा कि दरवाज़ा मेरे लिए खुला है। वह कुर्सी पर बैठा हुआ परेशान नज़र आ रहा था। मुझे देखते ही वह उठा, मुझे आदर से कुर्सी पर बिठाया और मेरे बैठने के बाद ही खुद अपनी जगह जाकर बैठ गया। अब मैं उससे बात करने को तैयार था।

''मैंने आपको बताया था कि जब मैं लिफ़ाफा डालने स्टेशन गया तब वहाँ एक महिला को देखा।''

मैं जानता था कि रोन उस महिला का नाक-नक्शा जानने के लिए उतावला हो रहा है।

''वह काफ़ी लंबी थी?'' उसने सच्चाई जानने के लिए पूछा।

''शायद,'' मैंने जवाब दिया।

''मँझले कद की है?''

''छोटी तो नहीं लगी,'' मैंने कहा। ''मैंने उसे ज़रा दूर से ही देखा।''

''उससे कितनी दूर थे आप?'' उसने मूर्खतापूर्ण प्रश्न किया।

इससे मुझे चिढ़ हुई। ''मैं अपने साथ नापने की टेप तो लेकर गया नहीं था,''

यह कहकर मैंने बात को हँसी में उड़ाने की कोशिश की। लेकिन उसकी परेशानी बढ़ती जा लग रही थी, इसलिए मैंने कहा, "लेकिन इससे आप परेशान क्यों हैं?"

वह बोला, "क्योंकि...पता नहीं। लेकिन आप ठीक कहते हैं। रेलवे स्टेशनों पर दर्जनों औरतें आती-जाती हैं...मैं क्यों परवाह करूँ।"

"यह कुछ बात हुई।" मैंने ज़ोर से कहा। "अब होटल चलते हैं। वहाँ आपको अच्छा लगेगा।"

यह सुनकर वह सिकुड़ता गया। शायद डर रहा था कि रास्ते में वह औरत उसे घेर न ले। मैंने उसे तैयार कर लिया, लेकिन क्या कपड़े पहनकर वहाँ जाए, इस पर वह सोच-विचार करने लगा। मैंने उसे समझाया, "ग्राहकहीन होटल बड़ी खास जगह है, जहाँ आप अंडरवियर पहनकर जाएँ या शाही लिबास में जाएँ, वहाँ के लोगों को कोई फ़र्क नहीं पड़ता। कोई न ध्यान देगा और न पूछताछ करेगा।" फिर भी उसने काफी समय लगाया और गुलाबी शर्ट तथा सलेटी कलालेन की पेंट पहनकर बाहर आया।

हम चले। मैं उसे अपनी पुरानी कुर्सी की तरफ ले गया जिसके सामने महिषासुर का कैलेन्डर लगा था, और उसके लिए दूसरी कुर्सी रखवाई। रोज़मर्रा के आनेवालों ने उस पर नज़र डाली, क्षण भर ध्यान से देखा, फिर कॉफ़ी पीने में लग गए। मैंने डोसा और कॉफ़ी का आर्डर दिया, लेकिन वह इनका मज़ा नहीं ले सका। क्योंकि वह अपने रख-रखाव में ही ध्यान लगाये रहा। वर्मा ने उसे औपचारिक रूप से "हॅलो" कहा, और खुश नज़र आया कि कोई महत्त्वपूर्ण व्यक्ति उसके यहाँ आया है। मैंने संक्षेप में बताया, "आप विद्वान लेखक हैं और व्यापार के सिलसिले में यहाँ आए हैं।" मैंने 'टिम्बकटू' शब्द का ज़िक्र नहीं किया, क्योंकि इसकी ध्वनि ज़रा अजीब-सी थी। मैं सोच रहा था कि इस आदमी को अपने समाज में मिलने देने का प्रयत्न करूँ, और इसे किमोनो पहनकर पैरों में स्लीपर डालकर बाहर निकलने की बीमारी से मुक्त करूँ। इसलिए मैंने उसे पैदल चलने के लिए भी राज़ी कर लिया था, हालाँकि यह यात्रा आसान नहीं रही—लोग हर जगह उसे घूर-घूरकर देखते रहे।

~

इस महिला की रेलवे स्टेशन पर उपस्थिति ने किसी प्रकार रोन को मेरे समीप ला दिया। उसे लगने लगा था कि महिला के बारे में मुझसे ही उसे जानकारी प्राप्त होगी। मैं भी सोचने लगा कि यदि महिला कभी स्टेशन से वापस लौटने का फैसला करले, या दुखी होकर रात के समय मालगाड़ी के सामने खड़ी होकर आत्महत्या ही कर ले, तो भी शुभ समाचार उसे मेरे द्वारा ही प्राप्त होंगे। इसलिए वह मेरी गतिविधियों को सतर्कता से देखता रहता था और उसकी नज़र हर समय मुझसे यह पूछती नज़र आती थी कि ''कोई अच्छा समाचार है मेरे लिए? या मालगाड़ियाँ ठीक चल रही हैं? या किसी मालगाड़ी के नीचे कुछ मिला तो नहीं?'' इससे पहले वह हमेशा कमरे के भीतर रहता था और दरवाज़ा भी बंद रखता था। लेकिन वह अब उसका एक पट खोलकर रखता था जिससे मैं उसके सामने बना रहूँ, और जब मैं घूमता-फिरता, तब भी वह कुर्सी पर बैठा चुपचाप मुझ पर निगाह बनाये रखता—जिस जगह कुर्सी रखी थी, वह जासूसी करने के लिए बहुत अच्छी थी। मेरे पुरखों ने बहुत सोच-समझकर उसे इस स्थान पर रखा होगा कि वहाँ बैठकर सारे परिवार पर, विशेष रूप से नौकरों की फौज पर, कि कोई कहीं चोरी-चकारी तो नहीं कर रहा, अच्छी नज़र रखी जा सकती थी। रोन भी इसका लाभ उठा रहा था। मैं कहीं जाने को निकलता, तो वह बनावटी सहजता से मुझे 'विश' करता, ''गुड डे, बातू साहब! दिन भर की जाँच-पड़ताल के लिए निकल पड़े।'' कई दफ़ा वह सिर्फ मुस्कराता, न कुछ कहता, न सवाल करता, क्योंकि वह सोचता होगा कि अगर कोई बात होगी तो मुझे बताई ही जाएगी...और बोलते रहना तो इसका स्वभाव ही है।

कुल मिलाकर कहूँ तो वह काफ़ी चैतन्य हो गया था, और कुछ निश्चिन्त भी लगने लगा था। इससे मुझे भी लाभ था। मैं उसकी नम्रता और खुला-दरवाज़ा नीति का लाभ उठाकर कभी-कभी गपशप करने उसके कमरे में पहुँच जाता। मैं सीधा भीतर चला जाता और आराम कुर्सी पर बैठ जाता।

~

उस दिन मैं उसकी कैनवास चेयर पर आराम से बैठा था। वह अपनी किराये

की कुर्सी पर बैठा परेशान नज़र आ रहा था; मेज़ पर रखे कागज़ों को देखने का नाटक किया, फिर उन्हें वापस रख दिया और पिंजड़े में बंद भालू की तरह उठकर इधर-उधर चक्कर लगाने लगा। मैं पंद्रह मिनट तक उसे देखता रहा, फिर पूछा, ‘‘क्या बात है, बहुत परेशान नज़र आ रहे हैं?’’

‘‘अरे नहीं, जो पेपर लिख रहा हूँ, उसमें कुछ समस्याएँ पैदा हो गई हैं; उन्हीं को सुलझाने की कोशिश का रहा हूँ।’’

‘‘अच्छा, तो फिर मैं आपको अकेला छोड़ देता हूँ।’’

‘‘नहीं, नहीं, बैठिये, उसने कहा। मुझे लगा कि वह मुझसे कुछ कहना चाहता है लेकिन झिझक रहा है, या किस तरह कहूँ यह समझ नहीं पा रहा है।’’

‘‘मैं यहाँ दिनभर बैठा आराम कर सकता हूँ, लेकिन आपको उसके बारे में कुछ करना ही पड़ेगा, यानी उस महिला के बारे में,’’ मैंने कहा।

‘‘लेकिन मैं क्यों कुछ करूँ? सैंकड़ों लोग रोज़ स्टेशन पर आते और जाते रहते हैं।’’

‘‘लेकिन हर कोई आपकी फोटो लेकर नहीं घूमता और न लोगों से पूछता रहता है...’’

‘‘क्या मुसीबत है।’’ उसका चेहरा लाल पड़ गया।

मुझे उसका यह नक्शा अच्छा लगा और मैंने उसमें जोड़ा, ‘‘और वह खुद को आपकी बीवी बताती है।’’

‘‘बकवास है सब।’’ वह चीखकर बोला और तेज़ी से घूमने लगा। मैंने उसे इतना परेशान कभी नहीं देखा था, न ऐसे शब्द उसके मुँह से सुने थे। इस औरत के विचार ने जैसे उसके दिमाग़ के सारे कल-पुर्ज़े ढीले कर दिए थे।

मैंने चुटकी ली, ‘‘हेकुबा के लिए वह कौन है और उसके लिए हेकुबा क्या है?’’

‘‘वह अपने को हेकुबा बताती है? मैं इस नाम की किसी स्त्री को नहीं जानता।’’

मैंने उसे बताया कि यह शेक्सपियर का एक चरित्र है।

‘‘अच्छा, शेक्सपियर का। मुझे तो अब कुछ याद ही नहीं रहा। बहुत पहले पढ़ा था। आपको यकीन नहीं आएगा कि एक दफ़ा मैंने ऑक्सफोर्ड का पूरा शेक्सपियर संग्रह लेकर शुरू से आख़िर तक पढ़ डाला था।’’

''फिर भी उसका नाम सुनते ही डर गए?''

''यह क्या पागलपन है, मैं समझ नहीं पाता। किसी भी तरह उसे वापस कर दो।''

''लेकिन क्यों? यह आज़ाद शहर है और यहाँ कोई भी आ सकता है और ठहर भी सकता है। मुझे यह अधिकार प्राप्त नहीं है कि किसी को यहाँ से वापस जाने को कहूँ। और मैं शायद उससे अब मिलूँगा भी नहीं...''

''वह कैसी लगती है?'' उसने अचानक पूछा। मैं अब ज़्यादा मज़ाक कर भी नहीं सकता था, अगर वह सचमुच इसकी पत्नी थी। इसलिए मैंने कहा, ''पर्सनेलिटी तो अच्छी है। साँवला-सा रंग, लेकिन व्यक्तित्व भरा-पूरा, शरीर भी बड़ा, और क्या कहूँ। बाब किए बाल और नीली जीन्स तथा टी शर्ट में और भी ज़्यादा लगती है। स्टेशन मास्टर तो उसके सामने सहम ही गया और उसके कहते ही वेटिंग रूम खोल दिया।''

''और मेरे लिए उसने इतना तमाशा किया। बेवकूफ आदमी! उससे भी उसने जिक्र किया कि वह मेरी बीवी है?''

''यह तो पता नहीं है,'' मैं बोला। ''लेकिन उसने उसे ही फोटो सबसे पहले दिखाया था।''

''हद हो गई?'' वह तड़पा। ''आपने मेरे साथ बहुत बुरा किया है।''

''नहीं, मैंने तो बिना कहे आपका भला ही किया है। पता नहीं, कितने लोग अपना नाम छपाने के लिए मुझसे मिन्नत करते हैं।''

''कम से कम मुझसे पूछ तो लिया होता।''

''यह पत्रकारिता के उसूलों के खिलाफ़ होता। प्रेस की आज़ादी और बहुत-सी बातें हैं। प्रधानमंत्री भी पत्रकार से यह नहीं कह सकते कि यह लिखो या वह मत लिखो।'' मैंने शान बघारते हुए कहा।

''और वह फोटो? वह कैसे उन्हें मिला?''

''यह मैं नहीं कह सकता—आप तो बहुत जगह आते-जाते रहते हैं, किसी ने भी खींच लिया होगा।''

घंटे भर तक इस तरह बहस करने के बाद उसने कहा, ''मुझे धोखा मत देना। आप शुरू से ही मुझ पर बहुत मेहरबान रहे हैं, अब भी मेरी मदद कीजिए, मुझे अकेला छोड़ दीजिए और जीन्स और टी शर्ट वगैरह में वह जो भी हो, उससे

मेरी चर्चा मत कीजिए। वह हिन्दुस्तानी है? जो हो, वक्त आने पर मैं सब कुछ बता दूँगा। आज नहीं। और सवाल मत कीजिए।''

मुझे उस पर दया हो आई। मैंने कहा, ''वह वेटिंग रूम में हमेशा तो रह नहीं सकती। कभी न कभी तो वहाँ से जाएगी। आप भी बाहर न निकलें।'' मैंने उसे ढाढ़स बँधाया।

''जब तक मेरा काम पूरा नहीं हो जाता, तब तक के लिए मुझे पूरी शान्ति की ज़रूरत है। इसीलिए आपने मुझे यह जो सहारा या शरण दी है, वह बहुत कीमती है। जब तक मैं अपनी किताब पूरी नहीं कर लेता, तब तक मुझे कुछ भी बखेड़ा पसन्द नहीं है। इसमें जो भी मेरी मदद करेगा, उसका मैं बड़ा शुक्रगुज़ार होऊँगा। मेरे लिए किताब से ज़्यादा महत्त्वपूर्ण और कुछ नहीं है। जब यह छप कर आएगी, तब सनसनी मच जाएगी। यह आज के विचारकों को हिला देगी, दुनिया में एक बदलाव पैदा होगा। इसीलिए मेरे लिए आपकी सहायता का बड़ा मूल्य है। किताब छपेगी तो मैं उसमें आपको भी धन्यवाद दूँगा।''

''अच्छा, तो मेरा नाम भी प्रकाशित किया जाएगा। वाह! मेरा तो अपना पेशा यह है कि दूसरों के नाम छपाऊँ, पर अब मेरा नाम भी पहली दफ़ा कोई छपायेगा। क्या बात है। आपको मेरा नाम मालूम है? आपने तो मुझे हमेशा होटल के लोगों से सुनकर 'बातू' या 'यू.सी' ही कहकर बुलाया है—तो हम वहाँ चलकर कुछ खाना-पीना क्यों न करें? आप तो एक दफ़ा ही गए हैं वहाँ। और मुझे भूख भी लगी है।'' उसने इसके लिए आना-कानी की।

''बाहर निकलते डर लगता है?'' मैंने पूछा।

''मैं क्यों डरूँ? दुनिया बुराई से भरी हुई है। मैंने सब जगह हर चीज़ देखी है। मैं किसी भी बात से नहीं डरता। एयरलाइन की कोई भी होस्टेस या रेस्तराँ की कोई भी 'वेटरेस' आपके खिलाफ़ खड़ी होकर आपको ब्लैकमेल करने लगेगी, अगर आप बेवकूफी से ज़रा भी मुस्कराकर उससे ''हाऊ डू यू डू?'' कह दें। ऐसी बातें अजाने ही होती रहती है। इन बातों से मैं ज़्यादा परेशान नहीं होता।''

''बड़े अनुभवी हैं आप। तो मेरे साथ आइये और कोई आपको परेशान करे तो पलटकर उससे कह दीजिए।''

''दुष्टा भूतनी, दफ़ा हो जाओ! मैं तुम्हें नहीं जानता।''

''आज शेक्सपियर बहुत याद आ रहा है।'' उसने टिप्पणी की। मुझे अच्छा लगा कि उसका मन हल्का होने लगा है। ''मैंने आपको बताया कि शेक्सपियर मैंने भी मज़ा ले-लेकर पढ़ा है।''

मैंने उसे पत्नी के हस्तक्षेप से बचाने का फ़ैसला कर लिया।

~

उसने कबीर स्ट्रीट का रास्ता कैसे जान लिया, यह कभी पता नहीं लगेगा। एक शाम वह मेरे दरवाज़े पर खड़ी दिखाई दी। चबूतरों पर बैठे मेरे पड़ोसी उसका नाक-नक्शा और रख-रखाव देखकर, जो हमारे रहन-सहन से एकदम अलग था, बहुत अचंभित हो गए होंगे। वह पंजाबी स्त्री की तरह कुरता या शलवार-कमीज़, जो भी उसे कहते हैं, पहने वहाँ खड़ी थी, जिससे उसका पहले से ही लंबा-चौड़ा शरीर और भी ज़्यादा विशाल लग रहा था। हर दृष्टि से वह ज़बरदस्त औरत थी। हमारी सड़क पर, जहाँ औरतें चमकती रेशमी साड़ियाँ और हीरे मोती के ज़ेवर पहनती हैं, वह किसी दूसरे ग्रह की प्राणी लग रही थी। उसके गले में सफेद बड़े मोतियों की एक माला पड़ी थी और कंधे पर मलमल का गुलाबी रंग का दुपट्टा पड़ा था—और यह सब मिलाकर उसका प्रभाव चमत्कारी था। मुझे खुशी हुई कि इस समय वह बाहर गया हुआ था, और डर भी था कि कहीं इसी बीच वह आकर प्रकट न हो जाए। मैंने उसे खिड़की की तरफ पीठ करके इस तरह बिठाया कि अगर वह सचमुच आ जाए, तो उसे दिखाई न दे।

मुझे नहीं पता कि इन दिनों वह क्या कर रहा था। मेरा ख़्याल था कि अपनी रिसर्च के सिलसिले में ही वह कुछ कर रहा होगा, परन्तु अफ़वाहों की हवाओं से मुझे जो पता लगा, वह कुछ और ही था। पर यह मैं बाद में बताऊँगा।

अब यह विशाल काया कुर्सी पर जम गई। मैंने उसे इस तरह बिठाया था कि उसे दूसरे आँगन के बाहर का दृश्य दिखाई पड़े, जहाँ टाइल-लगी छतों पर कौए बैठे थे और एक बड़ा-सा पेड़ था, जिससे खिड़की के उस पार से निकला रोन या कोई और उसे दिखाई न दे।

''माफ़ कीजियेगा...यहाँ आपको सत्कार करने के लिए कुछ भी नहीं है...यह

घर खाली रहता है, मैं खाने भी बाहर जाता हूँ...कहीं कोई प्राणी नहीं है।''

मैंने उससे यह नहीं पूछा कि यहाँ कैसे आई। मेरा ख़्याल था कि स्टेशन मास्टर ने उसे रास्ता बताया होगा।

वह बोली, ''मुझे आपसे और कुछ नहीं चाहिए, सिवाय इसके कि उस आदमी तक पहुँचने में मेरी मदद करें।''

मैं चुप रहा, क्योंकि क्या कहूँ यह समझ ही नहीं पाया और डरता रहा कि पैरों की आहट से वह सिर घुमाकर देखने न लगे। वह पूरी जाँच-पड़ताल करने आई थी।

''स्टेशन मास्टर अच्छा आदमी है, बहुत मदद करता है। वह न होता तो इस वाहियात जगह में रहने की जगह मैं कभी की वापस चली गई होती। और खटमल तो सोने ही नहीं देते।''

''हाँ, हाँ, और लोग भी परेशान होकर भाग जाते हैं...,'' अचानक मुझे याद आया कि यह तो मैं रोन की ही कहानी कहने लगा। इस मामले में दोनों का अनुभव एक ही था।

''मैंने उसे पाँच रुपये दिए और वह मेरी मदद करने लगा। एक पंप भी ले आया और करीब आधे खटमल भगा दिए। अब उतनी तकलीफ़ नहीं होती। वह मेरे लिए घर से खाना भी भिजवाने लगा है।''

मैं चौंका। यह मूर्ख इसकी इतनी मदद क्यों कर रहा है? उसे समझाना पड़ेगा।

''वह आपकी विशेष इज़्ज़त करता होगा। नहीं तो वह कानून से ही चलता है और किसी को भी कुछ घंटे से ज़्यादा वहाँ नहीं रुकने देता।''

''हाँ, यह उसने कहा तो था, पर पाँच रुपए का अपना असर होता है। सवेरे पहले जब यह 7-अप या 6-डाउन, जो भी है, वहाँ से गुज़रती है, तो मैं उसे कायदे-कानून और तीस साल की बेदाग़ नौकरी जैसी बातें करने से पहले पाँच का नोट पकड़ा देती हूँ। दो रुपए कुली को भी जो मेरा कमरा साफ़-सुथरा रखता है और किसी को वहाँ आने भी नहीं देता। इस तरह मैं यहाँ बनी हुई हूँ। पिछले कई सालों में आपको छोड़कर और किसी ने रोन नामक इस आदमी को नहीं देखा है। आपको मेरी मदद करनी है...अद्भुत आदमी है यह। कई दफ़ा मन करता है कि उसका गला दबा दूँ, पर कुल मिलाकर, वह मुझे बहुत पसन्द भी है हालाँकि मैं यह नहीं जानती कि वह मुझे मिल गया तो मैं उसके साथ

क्या करूँगी, खैर, पहले मुझे उससे मिलाइये, फिर मैं सोचूँगी कि क्या करूँ।''
यह कहकर उसने अपने दाँत कसे और होंठ काट लिए—उसका यह व्यवहार देखकर
मैं तो काँपने लगा, और सोचने लगा कि रोन को अगर यह पकड़ लेगी तो न
जाने उसका क्या हाल करेगी।

''आपको उसका फोटो कैसे मिला? फोटो खिंचाने से तो वह हमेशा बचता
रहा। उसने हमारी शादी के फोटो भी नष्ट करने की कोशिश की, लेकिन मैंने
उन्हें बचा लिया। स्टेशन पर मेरे बक्से में वे रखे हैं?''

''यह क्यों करता है वह?''

''क्योंकि वह दुष्ट है और छिपकर रहना चाहता है। और क्या?'' उसने
यह बात बिना हिचक कही। मैंने उसे यह नहीं बताया कि मैंने उसका फोटो
कैसे लिया, क्योंकि यह जानकर वह मुझे भी शैतान कह सकती थी—उसकी ज़बान
भी ज़रा ज़्यादा ही चलती थी और उसका अपने पर नियन्त्रण भी नहीं था। वह
फिर बोल पड़ी,

''अब उसके बारे में सब कुछ मुझे बताइये। मैं उससे नफ़रत करती हूँ,
लेकिन उसके बारे में सुनना मुझे अच्छा लगता है।''

मैं समझ नहीं पाया कि उसकी इच्छा मैं क्यों पूरी करूँ, इसलिए मैंने इतना
ही कहा, ''मैं भी उसे टाउन हॉल में ही मिला जहाँ मैं एक अखबार देखने गया
था। वह अपने थ्री-पीस सूट और रख-रखाव में सबसे अलग लग रहा था, इसलिए
मैं उसके पास रुक गया।''

थ्री-पीस सूट की बात सुनकर वह ज़ोर से हँसी। ''ओह, यह थ्री-पीस सूट।
थ्री-पीस सूट। बड़ा साहब बन गया है। इससे पहले वह सौ फीसदी मद्रासी था—खद्दर
की धोती और आधी बाँहों की शर्ट।''

''अब कोई भी उसे लंदन का बैंकर समझ सकता है।''

''वाह थ्री-पीस सूट। किस रंग का है?''

''नीला-गहरा नीला या कुछ हल्का,'' मैंने भी मज़ा लेते हुए कहा।

''मुझे उसके बारे में जो जानते हैं, बताइये। मैं यह सब सुनने के लिए
मरी जा रही हूँ...अरसा हो गया उसे देखे, साल पर साल गुज़रते चले जा रहे
हैं...अब वह कैसा लगता है? मोटा हो गया है? आपके फोटो से कुछ पता नहीं
चलता।''

''अखबार वाले चेहरे से ज़्यादा नहीं छापते, सिर्फ सिर जैसा सिक्कों पर या डाक टिकट पर बना होता है, पर उसी को देखकर आप यहाँ आई हैं।''

''अगर उसका पूरा फोटो छपा होता तो रेलवे स्टेशन पर लोगों की भीड़ लग जाती और स्टेशन मास्टर पागल हो जाता।''

''बहुत लोकप्रिय रहा होगा,'' मैं बोला।

''जी जनाब, औरतें उस पर बहुत मरती थीं, बस मैं ही हूँ जो ज़िन्दा हूँ। मैं उसकी तलाश में दुनिया भर की राजधानियों में घूमी-फिरी हूँ, इन्टरपोल की सहायता भी ली है, और हर जगह उसकी प्रेमिकाएँ मुझे हाय-हाय करती मिली हैं। आजकल वह कैसा लगता है? वज़न बढ़ गया है क्या?''

मैं समझ गया कि वह मेरे उत्तर का इन्तज़ार नहीं करेगी, अगर मैं चुप रहा तो वह बोलती चली जाएगी।

''उन दिनों वह बहुत आकर्षक था। अब क्या मूँछें निकल आई हैं?''

''हाँ, पतली सी मूँछें जो याद दिलाती हैं–हाँ, एडोल्फ़ मेन्जो की, जो तीस के दशक में फिल्मों का एक्टर था।''

''बाल सफेद होने लगे होंगे। या रँगता है? वह यह भी कर सकता है।''

मैं चुप रहा और उसे बोलने देता रहा। मुझे लगा कि ''बातूनी'' की डिगरी अब मुझ से छिन जाएगी और इन लोगों की दुनिया में मेरा स्थान दूसरा हो जाएगा। मुझे बराबर यह डर लगता रहा कि वह कहीं वापस न लौट आए। ऐसा हुआ तो पता नहीं क्या होने लगेगा, और उसके रक्षक की मेरी इज़्ज़त भी जाती रहेगी। यह महिला मुझे एकदम झूठा और मक्कार करार देगी और हो सकता है कि मुझे मार भी बैठे–और ऐसा हुआ तो कबीर स्ट्रीट में खलबली मच जाएगी। लगता था कि इसे यह बात मालूम है। उसने रोन के मेरे यहाँ रहने के बारे में सुना होगा–स्टेशन मास्टर ने ही उसे यह बताया होगा।

कुछ सोचकर मैं एकदम खड़ा हो गया और बाहर जाने लगा, ''मैं दस मिनट में वापस आता हूँ, एक ज़रूरी काम याद आ गया है...।'' यह कहकर बाहर निकला और बायीं तरफ के चौथे घर में जा पहुँचा, जहाँ संबू रहता था। हमेशा की तरह वह अपने कमरे में बैठा पढ़ रहा था।

''सुनो, जब रोन तुम्हारा स्कूटर वापस करने आए तो उसे यहीं रोक लेना। ज़रूरी हो तो ताला भी मार देना–जब तक मैं इशारा न करूँ। उससे कह देना,

कोई औरत उसका इन्तज़ार कर रही है—वह समझ जाएगा।''

इसके बाद मैं कोने वाली दुकान पर गया, एक दर्जन केले, एक पैकेट बिस्कुट और दो ठंडी बोतलें खरीदीं और उन्हें लेकर घर वापस लौट आया। फिर यह सब प्लेट में रखकर महिला के सामने रख दिया।

''वाह, आप तो विचार भी पढ़ लेते हैं। धन्यवाद।''

उसे सचमुच भूख लग रही थी। वह तीन केले खा गई, आधा पैकेट बिस्कुट पेट में डाले और यह सब ठंडी बोतल के सहारे—जो शुद्ध संतरे का रस था—पूरी तरह गटक गई। फिर तरोताज़ा होकर बोली, ''पति की तलाश करना सचमुच बहुत थकाने वाला काम है।''

''आप इसी आदमी की बात कर रही हैं?''

मैंने पूछा।

''इसमें क्या शक है। फोटो इसी का है। वह अपने को एडोल्फ़ मेन्जो बना ले या कोई और या दाढ़ी उगा ले या सिर पर सींग बना ले, यह बदल ही नहीं सकता। आदमी की आँखें और नाक एकदम वही रहती हैं। वे न बदलती हैं, न धोखा देती हैं। मैं उसका खूबसूरत चेहरा महीनों ही नहीं, सालों तक देखती रही हूँ, और मैं जानती हूँ।''

यह कहकर वह रुकी और उसकी आँखों से आँसू निकलने लगे। मैंने अपनी नज़र हटा ली और सोचने लगा कि इस अवसर पर क्या कहना उचित होगा। स्थिति कठिन थी। उन परिस्थितियों में जो सबसे सही मुझे लगा, वह मैंने करने का प्रयत्न किया—मैं खिड़की के बाहर देखने लगा, और आशा के बाद आशा करने लगा कि वह आदमी अचानक यहाँ नहीं आ धमकेगा, क्योंकि किताबी कीड़ा संबू उसे वहीं रोक लेना भूल भी सकता है जो किताबी लोगों के साथ अक्सर होता है, या वह खुद ही संबू से मिले बिना यहाँ आ जाएगा। मैं एक नन्हें से रूमाल से, जिसे वह बार-बार अपने हैंडबैग से निकालती और फिर उसी में रख देती थी, अपनी आँखें पौंछते देखता इस सम्भावना पर सोचता रहा, और यह कि रोन ने उसे जो मुलायम-सा जिस पर 'नेविल' लिखा तौलिया दिया था, वह इसे देना क्या उचित होगा। हो सकता है, यह सारा दिन यहीं रह जाए—क्योंकि यह कमरा भी उसके लिए वेटिंग रूम जितना ही अच्छा था। नाक छिनकने के कारण भरी-भरी आवाज़ में वह बोली, ''अगर मुझे ज़रा भी

अंदाज़ होता कि वह ऐसा व्यवहार करेगा...मद्रास में मैं एगमोर के सेंट इवान्स में पढ़ती थी, और बगल वाली गली में अपने माँ-बाप के साथ रहती थी। मेरे पिता की बढ़ई और फर्नीचर की दुकान थी और यह रोन नाम का आदमी साइकिल पर बैठकर अक्सर वहाँ आता था। वह घरों पर पत्र-पत्रिकाएँ भेजने वाली लायब्रेरी का कर्मचारी था और रोज़ाना की उजरत पर लोगों के घरों पर उन्हें पत्र-पत्रिकाएँ पढ़ने के लिए देने और वापस ले जाने का काम करता था। वह लायोला कॉलेज में पढ़ता भी था और इस तरह अपना खर्च चलाता था—जो उसके लिए अच्छा भी था क्योंकि उसे घूमना-फिरना पसन्द था। लायब्रेरी में फिल्मी पत्रिकाओं के साथ गम्भीर किस्म की पत्रिकाएँ भी आती थीं, जिनमें उन दिनों मेरी रुचि थी। यह काम करते हुए वह सब तरह की पत्रिकाएँ पढ़ता भी रहता था, जिनमें *नेशनल ज्याग्रेफ़िक* भी शामिल थी। अक्सर वह मुझे किसी पत्रिका का कोई विशेष लेख भी पढ़ने को देता था, जिससे मेरा दिमाग़ खुल सके। सब जगह का चक्कर लगाने के बाद वह हमारे यहाँ आता था—उसके पास हल्की और गम्भीर सब तरह की पत्रिकाएँ होती थीं। उसका मालिक उससे पत्र-पत्रिकाएँ बँटवाने के अलावा उसे रैक, स्टूल और बेंचें बनवाने के लिए हमारी वर्कशाप में भी भेजता था, जो दुकान के पीछे एक छोटे से शैड में चलती थी—हालाँकि यहाँ बहुत से कर्मचारी काम करते थे और दुकान के लिए तरह-तरह की चीज़ें बनाया करते थे। हमारे कम्पाउंड में एक पत्थर की बेंच पड़ी थी जिस पर हम जा बैठते थे। वह किसी पत्रिका से वे हिस्से मुझे सुनाया करता था जो उसे मेरे जानने लायक लगते थे। आप यह समझ सकते हैं कि दो युवा जब इतने पास बैठकर देर तक एक दूसरे से बातें करते हैं, तब क्या होता है... ।''

तभी मैंने देखा कि संबू मेरे वरांडे की सीढ़ियाँ चढ़ता ऊपर आ रहा है। मैं उससे माफ़ी माँगकर उसकी तरफ़ तेज़ी से लपका। संबू ने धीरे से कहा, ''वह बन्दा आ गया है...आध घंटे पहले...परेशान हो रहा है। अब क्या करना है?''

''उसे जैसे भी हो वहाँ या और कहीं छिपाकर रखो। काफ़ी देर लग सकती है। यहाँ जो मेरे साथ है, वह उसे देखेगी तो फाड़कर खा जाएगी। यह कहानी तुम्हें बाद में बताऊँगा। यह दरअसल लौटने का नाम ही नहीं ले रही, फिर भी मैं कोशिश करता हूँ। और सुनो, उससे कहना कि खिड़की से झाँका-झाँकी भी

न करे।''

अच्छे पड़ोसी की तरह संबू ने खिड़की के पार नज़र डाली और वहाँ से चला गया।

लौटकर मैंने महिला से कहा, ''मुझे एक मीटिंग में जाना है। ज़रूरी काम है, मित्र इन्तज़ार कर रहा है। अब आप स्टेशन लौट जाएं। मैं जब वहाँ लिफ़ाफ़ा भेजने आऊँगा तब आपसे मिलूँगा, तब मुझे एकदम फुरसत होगी। आप भी भूखी होंगी और आराम की भी ज़रूरत महसूस हो रही होगी। मैं वादा करता हूँ, ज़रूर आऊँगा।''

~

दोबारा मिलने पर उसने अपनी कहानी फिर बतानी शुरू की। उसने कमरे से दो कुर्सियाँ निकलवाकर प्लेटफार्म पर लगे पेड़ के नीचे रखवाई और स्टेशन मास्टर और कुली को कई हिदायतें देकर अपनी ज़रूरतें पूरी करवाई। मैंने मद्रास जाने वाली 7-अप में अपना लिफ़ाफ़ा डाल दिया था—इसमें एक कोर्ट केस और म्युनिसिपल मीटिंग की रिपोर्ट थी। प्लेटफार्म बिल्कुल खाली था, सिग्नल की पट्टी पर वहाँ का कुत्ता गुडी-मुडी किए पड़ा था। महिला आराम करके तरोताज़ा हो गई थी और इस समय एक सूती साड़ी पहने थी, जिसमें वह और भी ज़्यादा बड़ी और तगड़ी लग रही थी। पहाड़ियों की तरफ से ठंडी-ठंडी हवा बहकर इधर आ रही थी और पेड़ पर चिड़ियाँ चहचहा रही थीं।

''यह वेटिंग रूम तो पहले कभी कैदियों की पनाहगाह रहा होगा, इतनी घुटन है वहाँ। मैं अपने दुश्मन को भी वहाँ न रहने दूँ। दिन भर मैं इस पेड़ के नीचे ही घूमती-फिरती रहती हूँ। मुसाफिरों को आते-जाते देखती रहती हूँ, और मैं तो रात को भी इसी के नीचे सो जाती—अगर मैं औरत न होती—दरअसल दुनिया हमारे लिए कहीं भी सुरक्षित नहीं है।''

मेरा यह कहने को मन हुआ—तुम्हारे पास आने की हिम्मत कौन करेगा!

शायद उसने मेरे विचार पढ़ लिए और बोली, ''मैं हमेशा एक छोटी-सी पिस्तौल साथ रखकर चलती हूँ—लायसेंस भी है उसका, क्योंकि मैं दिल्ली में होमगार्ड्स की एक अफ़सर हूँ—हालाँकि मैंने आज तक एक मक्खी भी नहीं मारी

है। मद्रास पुलिस ने एक दफ़ा रायफ़िल ट्रेनिंग का कोर्स शुरू किया था, जो मैंने किया था, और मैं जानती हूँ कि बंदूक का दाहिना कोना वगैरह क्या है।'' यह कहकर वह हँसी। इस वक्त वह काफ़ी हल्के मूड में थी, सवेरे उसने अपनी छाती का बोझ हटा दिया होगा। 9 बजे तक कोई गाड़ी नहीं है—यहाँ की भाषा इस्तेमाल करें तो—इसके बाद शायद अप आएगी, घड़-घड़ करती लम्बी मालगाड़ी जो इतना शोर करती है कि जब तक वह बाहरी सिग्नल से गुज़र नहीं जाती, आँख बन्द ही नहीं, होती। देखिये, मैं रेलवे की भाषा ठीक से बोलने लगी हूँ या नहीं।''

इस तरह की कुछ और हल्की-फुल्की बातें करने के बाद उसने स्टेशन मास्टर और कुली की तरफ़ नज़र डाली, जो दोनों थोड़ी दूर पर इज्जत दिखाते चुपचाप खड़े थे, और कहा, ''अब और कोई काम नहीं है, मास्टर साहब। अपनी पत्नी से कहें कि आज रात खाना न भेंजे। हो सके तो एक गिलास छाछ भिजवा दें।''

''जी, मैडम, ज़रूर,'' स्टेशन मास्टर ने कहा, और वापस जाने लगा, उसके पीछे कुली भी चला। फिर बोला, ''मैडम, मैं ज़रा बाज़ार जाऊँगा कुछ खरीदारी करने। घंटे भर से ज़्यादा नहीं लगेगा।''

''5½ बजे तक आ जाओगे?'' उसने पूछा?

''इससे काफ़ी जल्दी आ जाऊँगा,'' उसने जवाब दिया। ''मुनि यहाँ रहेगा और सब ज़रूरी काम करता रहेगा...अनुभवी आदमी है।'' यह सुनकर कुली खुश दिखाई दिया।

अब वह मुझसे बात करने लगी, ''मैं आपको बोर नहीं करना चाहती। फिर भी कुछ बातें हैं। शाम को मेरे घर आने के अलावा वह स्कूल आते-जाते मुझे घेर लेता और साइकिल पर बिठाकर घुमाने ले जाता। मैं खुशी-खुशी अपने क्लास मिस करने लगी और उसके साथ कॉफ़ी हाउस में या आइसक्रीम की दुकान पर वक्त बिताने लगी। वह मेरे ऊपर काफ़ी खर्च करता था। उसकी बातें मुझे अच्छी लगती थीं क्योंकि वह हर विषय पर बात कर लेता था। फिर आम के पेड़ के नीचे पड़ी बैंच पर हमारा मिलना कम हो गया और हम दूसरी जगहों में घूमने जाने लगे। वह मुझे म्यूज़ियम ले जाता और सब कुछ समझ कर बताता। मुझे उसकी आवाज़ अच्छी लगती थी, और जब वह ग्यारहवीं सदी के किसी ताँबे के टुकड़े या दूसरे कोने में सजाकर रखे किन्हीं जन जातियों के कौड़ियों से बने गहने, और इस तरह की दूसरी चीज़ें दिखाकर उनके बारे

में बताता तो मैं रोमांचित हो उठती। और भीतर से भरे पुराने मृत जानवर, उनकी आदतें, चरित्र वगैरह को नाटकीय अन्दाज़ में मेरे सामने रखता, तो मैं बड़े ध्यान से सुनती रहती। मैं समझ नहीं पाती थी कि वह जो कुछ वह बताता है उसमें कितना कुछ सच है, लेकिन उसकी आवाज़ से मैं मन्त्रमुग्ध हो जाती। हमारे लिए म्यूज़ियम सबसे पास था, और वहाँ आते-जाते कोई मुझ पर शक भी नहीं कर सकता था, लेकिन कभी-कभी हम बस से समुद्र तट पर चले जाते और वहाँ की ओज़ोन सूँघते, रेत और लहरों का मज़ा लेते, वह मेरा हाथ पकड़कर पानी में दूर तक खींच ले जाता। यह विलक्षण अनुभव था मेरे लिए, जिसमें मैं अपने घर-परिवार को भी भूल जाती। कभी-कभी हम माउंट रोड पर एलफिंस्टन में पिक्चर देखने भी चले जाते। एगमोर में मुझे घुटा-घुटा सा महसूस होता था लेकिन अब यह लड़का मुझे दुनिया दिखाता घूम रहा था। मैं अठारह साल की भी नहीं थी लेकिन अपने को बचाने की सब तरकीबों की उस्ताद हो चुकी थी। जब कभी मेरे पिता पूछते कि देर क्यों हुई, तो मैं हमेशा कहती कि स्पेशल क्लास थी, या स्कूल की पिकनिक पर गई थी, या किसी सहेली के साथ मुश्किल सवाल हल कर रही थी। पिता ज़्यादा पूछताछ नहीं करते थे, क्योंकि वे दिनभर बढ़ते जा रहे आर्डर पूरे करने-कराने में अपने कारीगरों के साथ लगे रहते थे। सौभाग्य से मैं इम्तहान में हमेशा पास होती चली जाती थी। लेकिन मेरी माँ ज़्यादा अनुभवी थीं, स्कूल जाते समय मुझे अलग ले जाकर उन्होंने कहा, 'देखो, मुझे तुम्हारे स्कूल की घंटी यहाँ से साफ़ सुनाई देती है। अगर घंटी बजने के बाद दस मिनट तक तुम घर नहीं लौटीं, तो मैं तुम्हारे पिता से कह दूँगी। तुम जानती हो, गुस्सा होने पर वे क्या कर सकते हैं। अपने औज़ारों से तुम्हारी खाल उधेड़कर रख देंगे।'

इसके बाद कुछ दिन मैं सही वक्त पर घर लौटती रही। उससे मिलना मैंने बन्द कर दिया। जब वह पत्रिकाएँ देने साइकिल पर घर आया, उससे उन्होंने कहा, 'देखो, अब ये पत्रिकाएँ हमें नहीं चाहिए। इन्हें बन्द कर दो।'

'लेकिन क्यों? आख़िर क्यों?' उसने पूछा और मैंने अपनी माँ का जवाब सुना, 'क्यों-क्यों क्या? बस बन्द करो। बात खत्म, अब जाओ...'

वह रुका। बोला, 'शायद अंकिल पढ़ना चाहें।'

'अंकिल, तुम्हारे अंकिल कैसे हुए वे? चलो, जाओ।' वह चिल्लाकर बोली

और मेरे पिता शैड में चुप खड़े सुनते रहे। उसकी यह बेइज़्ज़ती देखकर मुझसे रहा नहीं गया, क्योंकि उसने मेरे लिए बहुत कुछ किया था, इसलिए मैं दौड़कर बाहर आई और कहने लगी, ''आप लोग इस पर इतना गुस्सा क्यों कर रहे हैं?'' तो माँ ने मुझे एक चांटा लगाया और मैं रोती हुई भीतर आ गई।

''मैं घर में कैदी बनकर रहने लगी—सिर्फ स्कूल जाती थी और वह भी पुरानी नौकरानी थायी को साथ लेकर। माँ उन दिनों मुझे बहुत निर्दयी लगती थीं। मैंने उनसे बात करना बहुत कम कर दिया, ''हाँ'' या ''ना'' में जवाब देती, और जब भी मुझे उस लड़के की याद आती तो मेरा दिल टूक-टूक होने लगता। वह भी साइकिल पर झुका-झुका सोचता रहता कि दुनिया उसके लिए कितनी क्रूर है। मुझे उससे अलगाव और उसकी बातें न सुन पाने की यह हालत बहुत बेचैन करती और इस सबसे ज़्यादा उसका धीरे से मेरे गले पर होंठ लगाना या जब कोई देख न रहा हो मुझे बाँहों में भर लेना, यह सब कुछ बहुत परेशान करता।''

''लेकिन हम भले ही मिल न पाते हों, हमने सम्बन्ध बनाये रखने के रास्ते निकाल लिए थे। जो औरत मुझे छोड़ने जाती थी, उसे मैंने पटा लिया था और उसके द्वारा कागज़ पर लिखी छोटी-छोटी चिट्ठियाँ भेजते रहते थे। लायब्रेरी में उसकी डेस्क पर वह मेरी पर्ची छोड़ देती और उसका जवाब वहीं से ले आती। इस तरह मैंने अपना गला पिता के औज़ार से काटे जाने से बचा लिया इस सीमा तक मैंने, या हमने, माता-पिता के आदेश का पालन किया। कुछ महीने बाद मेरा इम्तिहान होने वाला था। मैं अपनी पढ़ाई पूरी करना चाहती थी, इसलिए घर पर मैं पढ़ती-लिखती रहती—यह देखकर माता-पिता बहुत खुश रहते और मेरे लिए बहुत कुछ करते रहते। मार्च में परीक्षा हुई और मैं अच्छे नम्बरों से पास हो गई। मई में रिज़ल्ट आया, इस समय तक हम यह दिखावा बनाये रहे, हालाँकि कभी-कभी मैं उसके साथ के लिए बहुत विचलित हो जाती थी।''

जब कभी मेरे माता-पिता कहीं बाहर गए होते, हम मिल भी लेते। मेरी माँ का परिवार पचास मील दूर आवडी में रहता था। पिताजी उसे लेकर सवेरे की गाड़ी से निकलते और रात को दोनों वापस लौट आते। इस तरह मुझे पूरा दिन खाली मिल जाता था। जाते वक़्त वे यह कहकर जाते : ''घर पर

ही रहना। कहीं बाहर मत जाना। घर का ख़्याल रखना।" नौकरानी को माँ आदेश दे जाती कि किसी को आने मत देना—जिससे उसका मतलब यह लड़का ही होता था। लेकिन मैं बुढ़िया को रिश्वत देकर मिला लेती और उससे मिलने लायब्रेरी चली जाती। यह हमारे लिए बड़ी प्रसन्नता का क्षण होता। वह अपना छोटा-सा दफ़्तर बन्द करके मुझे बाहर ले जाता। हम जितनी ज़्यादा दूर हो सकता था, उतनी दूर घूमने जाते थे, और ज़्यादातर अडयार इलियट बीच चले जाते जो एगमोर के लोगों की एक दूसरी ही दुनिया थी। इलियट बीच प्रेमियों के लिए आदर्श जगह थी, जहाँ नहाने के बाद एक-दो झोपड़ियों में कपड़े बदलने की भी जगह थी। सारी शाम हम वहीं बिताते और इतने खुश होते जिसे बताया ही नहीं जा सकता। मैं आलिंगन और चुंबन के आगे बढ़ने से हमेशा परहेज़ करती थी, लेकिन उसी में हमें परम सुख प्राप्त होता। हम अपने भविष्य के बारे में भी चर्चा करते—बहुत सी सम्भावनाएँ सामने थीं। झोपड़ी में पड़े-पड़े हम मछुआरों को उनकी नावों पर समुद्र के भीतर जाते हुए देखते। कई दफ़ा वे भी झोपड़ी में झाँककर हमें देखते, लेकिन अकेला छोड़कर चले जाते। हम वहाँ आनंद का अनुभव लेते लहरों की आवाज़ सुनते रहते, और वह अक्सर कहता, "हम यहीं क्यों न पड़े रहें, क्यों वापस लौटकर जाएँ? अच्छा हो हम यहीं मर भी जाएं?"

"लेकिन जब शाम को छह बजे सान थोम के गिरजे की घंटी बजती, तब हमें उठना ही होता। मेरे पिता की ट्रेन शाम को सात बजे एगमोर स्टेशन पर आती थी और वे पटरी के साथ चलते हुए पन्द्रह मिनट में घर पहुँच जाते। बूढ़ी नौकरानी हमारी पूरी मदद करती थी, शायद उसे हमारे इस प्रेम में रोमांचक सुख मिलता था।" पिता अगर उससे ज़्यादा पूछताछ करते तो वह तेज़ी से कहती, "हाँ, वह दिन भर पढ़ती रही। बहुत ज़्यादा पढ़ती है वह, कुछ आराम करना चाहिए।"

"पढ़ती रही" सुनकर वे मुझसे सवाल करते, "क्या पढ़ती रही?" जो वे सोचते कि शायद लायब्रेरी की किताब रही होगी।

"मैं कहती, मैं एकाउन्टिंग में कॉरसपॉन्डेन्स कोर्स की तैयारी कर रही हूँ, और शान्ता से किताबें लाई थी।"

"यह सुनकर वह सन्तुष्ट हो जाते और मेरी तारीफ़ करते।" फिर कहते,

''लेकिन बहुत मेहनत करने की ज़रूरत नहीं है। तुमने मैट्रिक के दिनों में काफ़ी पढ़ाई कर ली है। अब सेहत पर ध्यान दो।''

''यह सब धोखाधड़ी हमें अच्छी नहीं लग रही थी। मेरा मन इसे स्वीकार नहीं करता था। जब रिज़ल्ट आया और मैं पास हो गई, तब मैंने फ़ैसला कर लिया। इसके बाद जब माता-पिता आवडी गए, मेरा प्रेमी अपने एक शुभचिंतक से माँगकर उसकी पुरानी कार लाया और दुकान पर आकर मुझे उसमें बिठाकर ले गया। उसने नौकरानी को दस रुपये दिए, और चलने से पहले उससे हमें आशीर्वाद देने को कहा। मैंने कपड़ों की एक पोटली बाँधी और बुढ़िया प्यार के आँसू गिराती हुई मेरे सिर पर हाथ फिराकर बोली, 'खुश रहो।' भगवान जी तुम्हें बहुत से बच्चे दें।'' उसे यही आशीर्वाद देना समझ में आया।

''रास्ते में हम एक फूल बेचने वाले की दुकान पर रुके। उसने दो मालाएँ खरीदीं और हम बिना कुछ बोले शहर की सीमा पर बने एक मंदिर में जा पहुँचे; वहाँ उसने पहले से ही शादी का सब इन्तज़ाम कर रखा था। एक पुजारी किसी देवता के चारों तरफ दिए जलाये बैठा था। उसने मालाएँ हमसे एक-दूसरे के गले में डलवाईं, देवता के सामने हमें सिर झुकाने को कहा, ढेर सारा कपूर जलाया, अपने दो परिचितों को, भगवान के अलावा, साक्षी बनने को बुलाया, सब उपस्थितों को फल बाँटे, एक दीपक जलाकर हमें उसके चारों ओर घुमाया और घंटी बजाई। फिर उसने दूल्हे को एक पीला धागा दिया, जो उसने मेरे गले में बाँधा, इस सेवा के पचास रुपए हमसे वसूल किए, फिर मुहर लगाकर उसकी रसीद दी और इस तरह हम पति-पत्नी बन गए।''

~

मैं इस महिला की बोलती चले जाने की ताक़त देखकर दंग था। मैं अंग्रेज़ी की प्रसिद्ध कविता *एनशिएनट मैरिनर* के उस मेहमान की तरह महसूस कर रहा था जिसे मैरिनर ने मनोरंजक कहानी के जाल में फाँसे रखकर स्वागत-कक्ष तक पहुँचने से—जहाँ से बाजे-गाजे की आवाज़ें आ रही थीं—रोक रखा था। वह चिल्लाता रहा कि उसे देर हो रही है, और उसे जाना चाहिए, लेकिन मैरिनर ने आँखों के तीर छोड़कर उसे ज़रा भी आगे नहीं बढ़ने दिया, सिर्फ़ यह कहा

कि ''मैंने अपने धनुष से श्वेत समुद्रपक्षी को मार गिराया है,'' वह अपनी कहानी कहता चला गया और मेहमान सीना पीटता रहा। मैं इतनी दूर तक तो नहीं गया, लेकिन बीच-बीच में उसे यह कहकर टोकता ज़रूर रहा कि ''अब काफ़ी देर हो गई है....या मुझे कॉलेज के जलसे में जाना है और उसकी रिपोर्टिंग करनी है।''

वह मेरे एतराज नज़रंदाज़ करती इस तरह बोलती रही जैसे केवल उसकी ज़ुबान ही काम करती हो, कान एकदम बेकार हो उसे अपनी स्मृतियाँ बहुत वज़नी लगती थीं।

''हमने पूनमपल्ली हाई रोड पर एक बंगले का छोटा-सा हिस्सा किराये पर ले लिया जिसमें एक कमरा और रसोई दोनों थे और वहाँ सुख से रहने लगे—जितना भी सुख उन स्थितियों में संभव था। दोनों काम करने लगे। वह लायब्रेरी से जुड़ा रहा, जो अब काफ़ी बड़ी हो गई थी, और जहाँ उसकी ज़िम्मेदारियाँ और आमदनी भी बढ़ गई थी। मैं एक ट्रेवल-एजेन्सी में रिसेप्शनिस्ट बन गई। हम दोनों सवेरे नौ बजे नाश्ता करके निकलते और एक ही चीज़ का सादा लंच अपने साथ ले जाते। मैं सवेरे पाँच बजे उठती और दिनभर का खाना तैयार करती। शाम को हम अलग-अलग समय पर देर से घर लौटते और इतने ज़्यादा थक जाते कि सवेरे का बचा ठंडा खाना पेट में डालकर ही सो जाते।''

''कभी-कभी हम दुकान भी जाते और माता-पिता से मिलते। उनका व्यवहार मित्रतापूर्ण हो गया था। उन्होंने भी शायद यथार्थ को यह सोचकर स्वीकार कर लिया था, कि बिना एक भी पैसा खर्च किए कमाऊ दामाद उन्हें मिल गया था—और शादी के लिए उन्हें दहेज भी देना नहीं पड़ा था।''

उसने देखा कि मैं उठने के लिए बेचैन हो रहा हूँ तो वह बोली, ''थोड़ा सा वक्त मुझे और दीजिए—अब मैं बहुत जल्दी खत्म करती हूँ—हालाँकि कहानी बहुत लम्बी है। अब हम फिर नहीं मिलेंगे। जब तक मैं आपके साथ हूँ....मैं चाहती हूँ कि सब कुछ बता दूँ। आप उसे फिर ज़रूर मिलेंगे, इसलिए आपको अपने हीरो की सारी कहानी जानना बहुत ज़रूरी है।''

''नहीं, वह मेरा हीरो बिल्कुल नहीं है।''

''बाधा मत डालिए, मेहरबानी करके...रोक-टोक नहीं करेंगे तो कहानी जल्दी खत्म हो जाएगी...'' *एनशिएन्ट मैरिनर* ने आदेश के लहज़े में मुझसे कहा। ''इस

तरह तो मैं भूलकर आगे-पीछे करती रहूँगी। एक खास बात तो मैं भूल ही गई हूँ। यह तो मैं बता ही नहीं पाई या बता चुकी हूँ कि मेरे माता-पिता जब आवडी से घर वापस आए, तो मुझे वहाँ न पाकर क्या कुछ हुआ।''

''जब मैं घर पर नहीं मिली तो वे एकदम पागल जैसे हो उठे।'' बुढ़िया ने यह कहकर अपना बचाव किया, ''अचानक एक कार हमारे फाटक में घुसी, रोजा (मेरा घर का नाम) दरवाज़े पर खड़ी थी। दो तगड़े से आदमी गाड़ी से उतरे और उसे पकड़कर भीतर डाल दिया, फिर एकदम चले गए...इससे ज़्यादा मैं कुछ नहीं जानती।...मैं बाहर निकलकर कार के पीछे दौड़ी लेकिन वे तेज़ी से निकल गए।'' यह सुनकर पिता जी एगमोर पुलिस स्टेशन गए और वहाँ रिपोर्ट लिखाई कि मेरी बेटी को अगवा किया गया है। इन्सपेक्टर नरेश परिवार का मित्र था। उसकी बहुत सी कुर्सियाँ और टूटी हुई मेज़ें मेरे पिता ने ठीक-ठाक की थीं। उसने फौरन कहा, ''आप मुझ पर सब छोड़ दीजिए। मैं बेटी को ज़रूर ढूँढ निकालूँगा। इन दिनों लड़के सिनेमा के दृश्यों की नकल करते हैं।''

''उसने चारों तरफ अपना जाल फैला दिया और अडयार से भी आगे जहाँ हम एक मछुवारे की झोपड़ी में पड़े मज़े कर रहे थे, पहुँचकर हमें भी चौंका दिया। इन्सपेक्टर नरेश के साथ जीप में दो सिपाही वहाँ आ धमके। हम समुद्र के किनारे बैठे लंच कर रहे थे, और किताबों में जो भी रोमांटिक कविताएँ पढ़ी थीं, उनको असलियत में बदलने की कोशिश कर रहे थे। ''नरेश ने मेरे पति का हाथ पकड़कर उसमें हथकड़ियाँ डाल दीं। फिर मेरी तरफ़ देखकर कहा, ''अब डरो मत...तुम ठीक हो। घर चलो।''

''हम वापस लौटे—गाड़ी में चुप बैठे शहर आ पहुँचे। पहला पड़ाव लड़कों की जेल था जहाँ मेरे पति को एक हवलदार के हवाले कर दिया गया, फिर मेरे घर आए और मुझे वहाँ छोड़कर वे चले गए। मेरी यह घर वापसी बहुत कष्टदायी थी।''

''लड़के के खिलाफ़ आरोप लगाया गया कि उसने नाबालिग लड़की को अगवा किया है—जिसकी उम्र अठारह साल से कम है।'' एक वकील जो घरेलू लायब्रेरी का सदस्य था और मेरे पति को अच्छी तरह जानता था, निकलकर बाहर आया और बोला, ''यह एकदम बकवास है। मैं लड़के को बाहर लाऊँगा, सबसे

पहले उसकी ज़मानत कराकर।'' तीन दिन बाद वह हवालात से बाहर आ गया और अपने काम पर चला गया, और इस तरह काम में लग गया जैसे कुछ नहीं हुआ है। इसके बाद मुकदमा प्रेसीडेन्सी मजिस्ट्रेट की अदालत में चलने लगा और तारीख़ पर तारीख़ पड़ने लगी। मैं जैसे नरक से होकर गुज़र रही थी और मेरे पति का भी यही हाल था। हमारी शादी की कानूनी स्थिति पर बहस होने लगी और मुझे अपने माँ बाप और रिश्तेदारों का ज़बरदस्त विरोध सहना पड़ा। मुझे लगने लगा कि मैं ग़ैरकानूनी अदद हूँ, और मेरे पिता के वकील ने मुझसे उलटी-सीधी बातें करके एक ऐसे कागज़ पर दस्तख़त करवा लिए जिसमें लिखा था कि मुझे लड़के ने अगवा किया था और ज़बरदस्ती करके मुझसे शादी की थी। मेरी परेशानी की इन्तिहा नहीं थीं। वकील ने कचहरी में कहा कि लड़की बालिग नहीं है इसलिए उसकी शादी नाजायज़ है।

''यह इस सारे ड्रामा का सबसे दर्दनाक हिस्सा था, जिसके लिए मैं अपने को कभी माफ़ नहीं कर पाऊँगी। बुढ़िया नौकरानी की रिपोर्ट पर मुझसे दस्तख़त करा लिए गए। उसमें कहा गया था कि मैं सामने की दुकान से केले खरीदने गई थी, जब मुझे पकड़ लिया गया। गाड़ी बड़ी तेज़ी से फाटक में घुसी, दो लोग उसमें से उतरे और मुझे खींचकर कार की तरफ़ ले गए, और पीछे की सीट पर धकेल कर गाड़ी भगा ले गए। आगे की कहानी यह भी कि वे मुझे किसी गुप्त जगह ले गए, वहाँ मेरे साथ ज़ोर-ज़बरदस्ती की और मुझे शादी करने के लिए तैयार कर लिया गया। फिर मंदिर ले जाकर मालाएँ डलवाकर शादी कर दी गई। मेरे माता-पिता और उनके वकील मेरे ऊपर तनकर खड़े हो गए और दस्तख़त करने के लिए ज़ोर डालने लगे। नौकरानी से उस पर अँगूठा लगवाया गया। पहले तो मैंने कलम फेंक दी और खाना खाने से भी इनकार किया, लेकिन वे इस पर डटे रहे।'' कहते रहे कि ''हम कुछ नहीं करेंगे तो लड़कियाँ इसी तरह भगाई जाती रहेंगीं। इस तरह के लड़कों को सबक सिखाना ज़रूरी है।'' मेरी कोई भी बात नहीं सुनी गई। अन्त में उन्होंने मुझसे कहा कि ''लड़के को कुछ नहीं होगा। हम अपील करेंगे कि उसे माफ़ी दी जाए। यह सब तो उसे डराने भर के लिए है।''

''लेकिन क्यों?'' मैंने पूछा। ''उसने किया क्या है? वह तो मेरा पति है।''
''पति! पति!'' यह कहकर वे हँसने लगे।

''यह कहना बन्द करो। इससे तुम्हारी ज़िन्दगी नष्ट हो जाएगी। गुंडा-बदमाश है वो...उसका कहीं नाम भी मत लेना।''

वकील साहब बोले, ''बच्चे, ऐसी शादी कानूनन जायज़ नहीं मानी जाती, समझीं?...अभी तुम अठारह की नहीं हुई हो।''

''हर तारीख़ पर लड़के को अदालत के कटघरे में खड़े होना पड़ता और सवालों का जवाब देना होता। जमानत पर होने के कारण वह इसके बाद अपने कमरे और काम पर चला जाता था। उसका वकील उसे बचाने में लगा था, इसलिए उसने घटनाओं की जाँच-पड़ताल शुरू की। वह उस अस्पताल में भी गया जहाँ मैं पैदा हुई थी और पुराने रजिस्टर निकलवाकर मेरे जन्म की तारीख़ और समय का पता लगाया। उसने साबित किया कि 18 मई 1978 को दोपहर 3.30 बजे हमारी शादी हुई थी और अस्पताल के रजिस्टर के अनुसार मैं 11.30 बजे दोपहर को पैदा हुई थी। इस गणना के हिसाब से शादी के समय मैं 18 साल से 3 घंटे ज़्यादा उम्र की थी। इसलिए शादी के समय मैं पूरी तरह बालिग हो चुकी थी और अपनी इच्छानुसार कुछ भी करने को स्वतन्त्र हो चुकी थी। हमारे वकील ने कई दिन तक बहस करके इन प्रमाणों की धज्जियाँ उड़ाने की कोशिश की। इसके विस्तार में मैं नहीं जाना चाहती क्योंकि इसमें बहुत वक्त बरबाद हो जाएगा। यह भी सामने आ गया था कि अपने भगाये जाने के समय भी मैं 18 साल से आधा घंटा ज़्यादा उम्र की हो चुकी थी, इसलिए अदालत ने हमें शादीशुदा पति-पत्नी करार दे दिया।''

''फ़ैसला होने के बाद हम लोग साथ रहने लगे और जैसा मैं बता चुकी हूँ, घर लेकर उसमें चले गए और मैंने भी नौकरी कर ली। वक़्त बीतने के साथ मुकदमें और झगड़े खत्म हो गये। मेरे माता-पिता भी पहले की तरह मुझसे प्यार करने लगे। लेकिन उनके दामाद ने कभी इस समझौते को मंजूर नहीं किया। वह उनसे कभी मिलने नहीं गया और न उनके हमारे यहाँ आने पर उनसे मिला—बस, इस एक बात पर वह हमेशा दृढ़ रहा, लेकिन मेरे अपने मायके जाने पर उसने कभी एतराज़ नहीं किया। जब मेरे माता-पिता मेरे यहाँ आते तब वह कुछ मिठाई या घर की बनी कोई चीज़ हमारे खाने के लिए लाते, लेकिन वह उसे हाथ भी नहीं लगाता था, और मेरी मिन्नत को भी ठुकरा देता था। अब उसमें मैंने एक नया परिवर्तन देखा—अपने व्यवहार में वह बहुत मज़बूत हो गया

था। वह घंटों चुप बैठा सोचता रहता था और लगता था कि उसका व्यक्तित्व भीतर ही भीतर बदल रहा है। उस पर मुकदमे का विशेष असर नहीं पड़ा था, जितना मेरे अदालत में पेश किए गए वक्तव्य का, जिसने उसके विश्वास को हिला दिया था। हमारे वकील ने जब वह वक्तव्य अदालत के सामने पढ़ा और मैंने उस पर अपनी सहमति जताई, तब उसके चेहरे पर जो भाव आया, उसे मैं कभी भूल नहीं सकूँगी। इस कारण अब एक साथ रहने का हमारा जीवन युवा विवाहित का जीवन न होकर पचास साल के बूढ़ों का जीवन बन गया। मैंने इसे उसकी थकान का परिणाम माना और उसे तरोताज़ा करने की बड़ी कोशिश की परन्तु उसमें ज़्यादा सफल नहीं हो पाई।''

मैं कहता रहा कि मुझे जाना है, लेकिन वह चुप नहीं हुई। मैं सोचता था कि वह अब यह कहेगी, ''मैंने अपने धनुष से श्वेत समुद्र पक्षी को मार दिया,'' लेकिन वह चुप नहीं हुई। उसने कहा, ''एक शाम वह वापस घर नहीं लौटा...और यहीं कहानी का अन्त हो गया।'' यह कहते हुए उसकी आवाज़ ज़रा हल्की हुई, और उसने अपने पर्स में से छोटा-सा रूमाल निकालकर आँखें पोंछी। इस क्षण मैं उसे छोड़कर नहीं जा सकता था। और वह बोलना बन्द नहीं कर सकती थी। अगर मैं उसे छोड़कर चला जाता, तो वह सितारों से बातें करने लगती, जो आकाश में चमकने लगे थे, और स्टेशन में लगी पीली रोशनी की लालटेन हमारे इर्द-गिर्द रोशनी की फेंकने लगी थी। मालगाड़ी भी आ गई और धड़धड़ करती निकलती चली गई, लेकिन उसकी वाणी नहीं थमी।

कुछ देर बाद जब वह साँस लेने के लिए रुकी, मैं यह कहता उठ खड़ा हुआ, ''मुझे एक शादी के रिसेप्शन में जाना है, कॉलेज का कार्यक्रम तो ख़त्म हो गया।'' उसने आख़िरी बात यह की : ''हमारी ट्रेवल एजेन्सी के एक कर्मचारी ने उसे एक दफ़ा एयरपोर्ट पर कुवैत के काउंटर पर देखा। कुवैत में अपने सहयोगियों की सहायता से मैंने उसका पता लगाने की कोशिश की, लेकिन वह कहीं नहीं मिला। ईश्वर ही जानता है कि अब उसका नाम क्या है। मैं उसे पूरी तरह खो चुकी हूँ।''

~

महिला दूसरे दिन दिल्ली के लिए रवाना हो गई। स्टेशन मास्टर उसकी विदाई के समय बहुत दुखी हो उठा जो हर रोज़ सैकड़ों मुसाफिरों को बड़े ठंडे भाव से चारों तरफ़ जाते देखते का आदी था, अब इंजन के आगे बढ़ते ही रोने-रोने को हो आया।

कहने लगा, ''महान स्त्री थी। जब तक चाहती, यहाँ रह सकती थी—इन्सपेक्टर आता तो भी मैं सँभाल लेता। मैं उसे कभी कोई परेशानी नहीं होने देता।''

उसकी पत्नी और बच्चे भी विदा करने के लिए बाहर निकल आए थे। पहली दफ़ा मैंने देखा कि इस छोटी-सी छत के नीचे उसने कितने बच्चे पैदा कर लिए थे। मैं सोचने लगा कि वह निस्संतान महिला इनमें कितनी खाने-पीने की चीज़ें और उपहार बाँटती रही होगी—मुनि के बच्चे भी उनमें शामिल रहे होंगे।

इंजन ने सीटी दी तो महिला ने हैंड बैंग से अपना कार्ड निकालकर मुझे दिया और कहा, ''यह तो बहुत ज़रूरी है। मुझे तो याद ही नहीं रही। मास्टरजी ट्रेन को दस मिनट ज़्यादा न रोके रहते तो यह तो रह ही जाता।''

मैंने कार्ड ले लिया और वादा किया, ''मुझे कुछ भी पता चला तो मैं किसी न किसी तरह ज़रूर आपको खबर दूँगा।''

~

मैं लौटा तो रोन को उसी तरह बैठे हुए पाया। मुझे अब उसके अकेलेपन पर तरस आने लगा था। मैंने ज़रा ज़्यादा ही उत्साह से कहा, ''खुशी मनाने का समय हो गया है।''

''अच्छा'' उसने उसी तरह बैठे-बैठे कहा, और सोचा कि ज़रूर यह मज़ाक होगा।

''महिला 7-अप से दिल्ली लौट गई है।''

''गम्भीरता से कह रहे हैं यह?'' उसने पूछा।

''बिल्कुल। एक घंटा पहले। हाथ मिलाते-मिलाते मेरे हाथ गर्म हो गए और अभी तक गर्म हैं। उसके विदा होते समय सब रो रहे थे।''

''अच्छा, कहाँ? कहाँ गई है?''

''मैंने बता तो दिया—दिल्ली। अगले स्टेशन तक नहीं—बहुत ज़्यादा दूर, दिल्ली।''

वह आराम कुर्सी से जैसे कूदकर खड़ा हो गया। मैंने कहा, ''हम ग्राहकहीन होटल से होकर कहीं घूमने चलते हैं।''

''कहाँ?'' उसने हिले बिना पूछा।

''नदी किनारे।''

''यह तो आपके पिछवाड़े ही बह रही है।''

''यहाँ बहुत साफ़ नहीं है। नल्लप्पा की झाड़ियों के पास, एलामन स्ट्रीट के बाद।''

पहले तो वह झिझका। लेकिन मैंने उसे तैयार कर लिया। वह पूछने लगा, ''क्या कपड़े पहनकर चलूँ?''

''धोती और उसके ऊपर सादी शर्ट।''

पिछले दिनों उसने ये कपड़े खादी स्टोर्स से खरीद लिए थे।

''अगर आप खादी के बने कपड़े पहनेंगे तो लोग आपकी इज्ज़त करेंगे, राष्ट्रवादी समझेंगे और आप महात्मा गाँधी के अनुयायी कहलायेंगे।''

''महान आदमी थे वे,'' उसने यूँ ही कह दिया।

''ठीक है। तो फिर तैयार हो जाओ।''

''मुझे धोती की आदत नहीं है। चलने में दिक्कत होती है। नीचे सरकी पड़ती है, कमर पर ठहरती ही नहीं।''

''ठीक है, तो जो चाहो पहन लो...मैं इन्तज़ार कर रहा हूँ।''

मैं चबूतरे पर बैठकर इन्तज़ार करने लगा।

वह शर्ट और खाकी पैंट पहनकर निकला और जब हम मार्केट रोड पहुँचे, लोग मुझे देखने लगे, मानो पूछ रहे हों, ''इस उजबक को हमेशा साथ क्यों रखते हो?''

''लोग घूरते हैं तो मुझे अजीब लगता है।''

''तो क्या हुआ, आदत पड़ जाएगी। पता नहीं टिम्बकटू में क्या होता है लेकिन यहाँ घूरने का कोई बुरा नहीं मानता, यहाँ उसे बढ़ावा दिया जाता है। उन्हें इस तरह खुश होने दो। इसमें कुछ खर्च तो नहीं होता।''

वह कुछ नहीं बोला, और सामने क्षितिज की तरफ़ निगाह करके चलता रहा।

मैंने कहा, ''अगर आप भी उलटकर किसी को घूरेंगे तो वह बुरा नहीं मानेगा। इससे दरअसल मज़ा तो आता है, शिक्षा भी मिलती है।'' उसने कोई जवाब नहीं दिया, पर शायद मन ही मन मेरे लिए सोचने लगा कि यह पत्रकार पगला गया है। हम एलामन स्ट्रीट पहुँचे जहाँ से रेत शुरू हो जाता था। लोग चारों तरफ गुट बनाये बैठे थे—विद्यार्थी, बच्चे, बूढ़े, पुराने साथी, पेंशन याफ़्ता, गर्मा गर्म बहस करते नौजवान, जिनके बीच एक आदमी मूँगफली बेचता फिर रहा था। पहली सीढ़ियों पर कोई कपड़े धो रहा था, कोई नहा रहा था, और कोई पालथी मारे बैठा पूजा-पाठ करने में लगा था। मुझे नल्लप्पा की झाड़ी के साथ एक खाली जगह मिल गई जहाँ से बैलगाड़ियाँ और गाय-बैल गुज़र रहे थे। मैंने रोन के बैठने के लिए एक पत्थर तलाश लिया जिससे उसे तकलीफ़ न हो, और खुद नीचे रेत पर बैठ गया। मार्केट रोड का शोर ज़रा धीमा पड़कर हम तक पहुँच रहा था, पेड़ों के ऊपर पक्षी रात में सोने की तैयारी कर रहे थे। मैंने महसूस किया कि वह भी शाम की बढ़ रही शान्ति से प्रभावित हो रहा है—सूरज की डूबती किरणें पेड़ों की डालों पर तैर रही हैं, और रेत पर दौड़ते बच्चे शोर मचा रहे हैं। उसने अचानक कहा,

''आपने कभी ग़ौर किया है कि बच्चों और रेत में अनोखी दोस्ती होती है। यह बात मैंने दुनिया के सब मुल्कों में देखी है—हर देश में, हर समाज में।''

उसकी यह बात सुनकर मुझे अच्छा लगा। ''यह भी एक बात है जो दुनिया को एक-दूसरे से जोड़ती है, सबको एक जैसा बनाती है...रेत और बच्चे और...,'' यह कहते हुए वह नीचे झुका और ज़मीन से एक छोटा-सा पौधा खींचकर निकाल लिया। यह इतना ज़रा-सा था कि दिखाई भी नहीं पड़ता था....नन्हीं सी दो-तीन पत्तियाँ और उन पर लगे सफेद फूल। उसकी आँखों में एक चमक पैदा हो गई—जो पहले कभी नहीं होती थी। उसने विश्वास-पूर्वक कहा, ''यह हमारी पृथ्वी का भावी जीवन है...दुनिया के हर हिस्से में यह अलग-अलग नामों से जाना जाता है। कहीं इसे कांग्रेस पौधा कहते हैं, कहीं मिर्ज़ा का कांटा, सरकार की कलगी, वूडू का फूल, कहीं ब्लाइटर। नाम इसका जो भी हो, इसे हमलावर माना जाता है, किसी ज़माने में कोई आसमान से आया पत्थर जमीन पर टकराया होगा, तो उससे यह पैदा हुआ होगा। मुझे यह हर जगह दिखाई दिया है—इसे नष्ट नहीं किया जा सकता। इसका साम्राज्य बराबर बढ़ रहा है—मैंने इसके विस्तार का सर्वे किया

है और रिपोर्ट हेडक्वार्टर को भेज दी है।''

मैं यह पूछते-पूछते रुक गया, ''कौन सा हेडक्वार्टर?'' यह भी 'प्रोजेक्ट' शब्द की तरह ऐसा शब्द है जिसका नाम बताने की ज़रूरत नहीं होती। वह उत्साह से कहता चला गया, ''किसी ने अभी तक इसे नष्ट करने की दवा ईजाद नहीं की है। पहली दफ़ा दवा छिड़कने में लगता है कि यह खत्म हो गई...लेकिन कुछ ही दिन बाद यह फिर उगने लगती है।...हमने युगांडा में यह प्रयोग करके देखा पर सफलता नहीं मिली। मैंने कम्प्यूटर की मदद से यह हिसाब लगाया है कि बढ़ने की अपनी गति से यह सन् 3000 तक सारी धरती पर छा जाएगी और बाकी सब पेड़-पौधे नष्ट हो जाएँगे। इसका भोजन के रूप में इस्तेमाल नहीं किया जा सकता, इसलिए मनुष्य जाति मर जाएगी।...दरअसल इसमें ज़हर होता है। आपने देखा होगा कि जानवर इसे छूते भी नहीं हैं। इन सब बुराइयों के अलावा यह ज़मीन का पानी भी सोखती है। हमें इसे ''राक्षस घास'' कहना चाहिए। मैंने इसके ढेर सारे आँकड़े इकट्ठे किये हैं—मेरी किताब जब प्रकाशित होगी, दुनिया में तहलका मच जाएगा।''

''आपके अध्ययन का विषय क्या है?'' मैं पूछे बिना नहीं रह सका। मुझे लगा कि वह मुझे यह पूछने के लिए उकसा रहा है—इसलिए उसकी यह इच्छा पूरी क्यों न कर दी जाए? मैं उसके प्रति मेहरबान होता जा रहा था। अब मैं काफ़ी नरम पड़ गया था। उसका अजीबोग़रीब कपड़े पहनने का ढंग बहुत आकर्षक था। मैं उस पर थोड़ा ध्यान देने से परहेज़ क्यों कर रहा था, जबकि वह मेरा कितना मनोरंजन करता था?

मेरे सवाल से वह खुश दिखाई दिया। ''इसे भविष्य-विज्ञान कहा जा सकता है—यह ज़रा ज़्यादा बड़ा शब्द है, जिसमें अनेक विषयों का अध्ययन करके, जिनमें लाभदायक और खतरनाक दोनों पक्षों का आकलन किया जाता है और मनुष्य के भविष्य की योजना बनाई जाती है। इसमें हर वस्तु का समावेश करना बहुत ज़रूरी है। हमें शुद्ध वैज्ञानिक दृष्टि से अध्ययन करके यह निष्कर्ष निकालना पड़ता है कि सन् 3000 में जीवन की स्थिति क्या होगी। उससे यह पता लगता है कि मनुष्य जाति के इस रूप में हम रहेंगे या नहीं।''

मैं हँसने से अपने को रोक नहीं सका। ''मुझसे पूछें तो मैं इसकी चिन्ता ही नहीं करता। अरे...दस शताब्दी बाद हम में से सबसे ज़्यादा दिन ज़िन्दा रहनेवाला

व्यक्ति भी जीवित नहीं रहेगा।''

"आप यह कैसे कह सकते हैं?'' उसने पूछा।

"बायोलॉजी और चिकित्सा विज्ञानों में जो उन्नति हो रही है उससे तो जीवन हमेशा के लिए बना रह सकता है।''

"आप ही करें अमर होने की कामना, मुझे तो परवाह नहीं।''

"सवाल यह नहीं है कि आप ज़िन्दा रहेंगे या नहीं। हम उस दिशा में बढ़ते ही जा रहे हैं, इसलिए यह पता लगाना ज़रूरी है कि वर्तमान सभ्यता का उस समय क्या रूप होगा...उन स्थितियों और संकेतों के सहारे जो आज दिखाई दे रहे हैं।''

"आपकी बातों से मुझे अपने ज़माने के एक प्रोफ़ेसर की याद आ रही है जो हर नौ सेकिंड के बाद "टेंशन", "ट्रेन्ड्स" और "सिम्पटम्स" शब्दों का प्रयोग करता था।''

उसे मेरा इस तरह हँसना पसन्द नहीं आया और वह अचानक चुप हो गया।

~

मैं इस शान बघारने वाले आदमी की हवा निकालने में इतना लगा था, इसका एक विशेष कारण था : टाउन हॉल लायब्रेरी के वृद्ध रखवाले की एक पोती थी जो हर रोज़ तीन बजे के करीब उसके लिए एक थर्मस में कॉफ़ी और बर्तन में कुछ खाना रखकर लाती थी। जो सबेरे दस बजे से पहले हल्का सा नाश्ता करके आता था, इसलिए दोपहर बाद वह मुरझाना शुरू कर देता और अगर कोई पाठक इस समय उससे कोई सवाल करता, तो वह बकना-झकना शुरू कर देता : "मेरे भाग्य ने मुझे यहाँ इस तरह बैठे-बैठे इन धूल-भरी अलमारियों की देखभाल करने का काम सौंपा है। अब आप मेरी मुसीबत और न बढ़ायें अगर किताब दिखाई नहीं देती तो वह नहीं होगी...अब अपनी जगह जाकर बैठ जाइये। यहाँ आने वाली हवा मत रोकिए।'' "लड़की को कभी देर हो जाती तो उसका मूड और भी बिगड़ जाता, लेकिन वह ज़्यादातर सही वक्त पर आती थी। उसे देखते ही बूढ़े का चेहरा खिल उठता था।'' वह मुस्कराकर

उसका स्वागत करता और कहता, ‘‘आओ बेबी, आज क्या लाई हो मेरे लिए?’’ उसकी खुशी का ठिकाना नहीं रहता था। वह कहता, ‘‘तुम यहाँ बैठो। मैं आता हूँ।’’ वह प्लास्टिक का बैग, जिसमें टिफिन का छोटा-सा डिब्बा और कॉफी का थर्मस रखा होता था, लेकर भीतर के कमरे में जाता उसके पीछे हाथ-मुँह धोने के लिए नल लगा था। उसके पीछे लड़की उसकी खाली सीट पर बैठ जाती थी, और कमरे में नल के चलने और बन्द होने की आवाज़ें सुनती रहती थी, फिर थोड़ी देर बाद नल फिर चलता और बंद होता, जिससे वह समझ जाती कि अब उसका दादा टिफ़िन छूने से पहले हाथ धो रहा है और खाने के बाद फिर धोये हैं, और तब वह सीट खाली कर देती—सब कुछ बड़े हिसाब से होता और खत्म हो जाता था। फिर वह चारखाने के तौलिया से मुँह पोंछता और सन्तुष्ट मुस्कान लिए बाहर निकलता था।

‘‘ठीक था, दादा?’’

‘‘हाँ, क्यों नहीं होगा?’’

‘‘चीनी खत्म हो गई थी, दादी पड़ोस से लेकर आई।’’

‘‘उससे कहना शाम को लौटते समय मैं लेता आऊँगा।’’

लड़की सत्रह की हो रही थी, फिर भी वह उसे ‘‘बेबी’’ ही कहता, और उसे आते-जाते देखने तथा उससे बातचीत करने में उसे बहुत सुख प्राप्त होता था। वह एलबर्ट मिशन में बी.ए. में पढ़ रही थी। लम्बी छरहरी, हालाँकि उसे सुन्दर नहीं कहा जा सकता था, पर उम्र की ताज़गी उस पर नज़र आती थी।

एक दिन जब वह वहाँ बैठी थी, रोन भी आ गया। उसी समय मैं भी बीच वाली मेज़ पर अखबार उलट-पलट कर देख रहा था, शायद किसी खबर के लिए, पर वह क्या थी, अब मुझे याद नहीं है। मैं मेज़ के एकदम कोने में था, इसलिए उसने मुझे नहीं देखा, लेकिन मैंने देखा कि उसे वहाँ बैठा देखकर वह रुका और इस तरह उस पर नज़र डालने लगा जैसे जानवर अपने शिकार को देखता है।

वाह! वह यह कहता हुआ लगा, कि मैं तो जानता ही नहीं था कि यहाँ ऐसी सुन्दरियाँ भी आती हैं। वह बुड्ढा यहाँ नहीं है, यानी मेरे भाग्य ने उसकी जगह मुझे भेज दिया है। वह लड़की के सामने बड़ी अदा से झुका और हाव-भाव

दशति हुए उसके सामने खड़ा हो गया। मैंने चीखकर कहना चाहा—दूर रहो, शैतान और क्या कहूँ तुम्हें? यह तुम्हारी बेटी की उम्र की है। लेकिन तुम्हारी पोती होती तो भी तुम उसे नहीं बख्शते। दूर रहो!

लड़की ने कुछ कहा और दोनों हँसे। मैं सोचने लगा कि बूढ़ा लंच करके जल्द लौट आए। लेकिन खाने के बाद वह आराम कुर्सी पर बैठकर पंद्रह मिनट झपकी भी लेने का आदी था। इस समय लायब्रेरी में भी शान्ति होती थी और वह लड़की पर उसकी ज़िम्मेदारी छोड़कर आराम कर लेता था—जो रोन के लिए सुनहरा अवसर साबित हो रहा था। मुझे लगा कि इसे इसी वक्त रोक देना चाहिए। इसलिए मैंने अखबार को तहाया, उसे अपनी जगह रखा, और मेज़ की तरफ बढ़ा। लड़की मुझे देखकर बोली,

''अंकिल, यहाँ एक मज़ेदार साहब हैं जो टिम्बकटू से आए हैं। मुझे तो पता ही नहीं था कि इस नाम की भी कोई जगह है। कहाँ है यह?''

''इन्हीं ने पूछो,'' मैं भूगोल की खोजबीन में हिस्सा लेना नहीं चाहता था।

रोन ने अवसर का लाभ उठाया। वह मेज़ की तरफ बढ़ा और बोला, ''एक कागज़ लाओ। मैं बतलाता हूँ, कहाँ है।'' कागज़ लेकर उसने सुनहरे पतले से पेन से एक नक्शा खींचा। फिर जब उसने कहा, ''यह देखिये, हम इस समय यहाँ हैं। और टिम्बकटू...,'' लड़की ने अपना सिर झुकाया, जो उसके मुँह के पास पहुँच गया। मुझे लगा, जैसे वह लड़की पर मोहिनी कर रहा था, क्योंकि लड़की उसके मुँह से आफ़्टर शेव लोशन और हेयर क्रीम की खुशबू का मज़ा लेती हुई लगी—ये चीज़ें लड़कियों को उत्तेजित करती हैं। रोन यह जानता था और इसका भरपूर लाभ उठाता था। नक्शे पर उसकी हथेली टिकी थी, और उस पर वह बड़ी कलात्मकता से अपनी उँगली घुमाता हुआ उस जगह के बारे में विस्तार से सब कुछ बताता रहा। बीच-बीच में वह सिर उठाता और कान पर मुँह ले जाकर धीरे से पूछता, समझ रही हो न? मैं देख रहा था कि वह बहुत आगे बढ़ रहा है, उसके बहुत पास पहुँच गया है, तभी बूढ़ा भीतर से हाथ में प्लास्टिक का थैला लिए प्रसन्न, सन्तुष्ट बाहर निकला और आगन्तुक पर नज़र डाली। इस बार वह उसे देखकर उतना अचंभित नहीं हुआ जितना पहले दिन थ्री-पीस सूट में देखकर हुआ था, क्योंकि आज वह मालगुडी के बाबू लोगों की आम पोशाक, शर्ट और पैंट में था।

लड़की उसे देखकर सीट से उठी और वह उस पर आराम से जम गया। इसके बाद उसने प्रश्न किया, ''बहुत दिन बाद दिखाई दे रहे हैं, सर! ठीक तो हैं?''

रोन ने सिर झुकाकर ''शुक्रिया'' कहा। मैं देखने लगा, वह कितनी चतुरता से सब कुछ कर सकता है। कुछ क्षण पहले वह लड़की को प्रभावित करने और उसे अपनी ओर आकृष्ट करने के लिए परीकथाओं की तरह राजकुमार जैसा व्यवहार कर रहा था, और अब उसके दादा के सामने, जिसकी सहमति से यह लड़की उसे प्राप्त होगी, शानदार विनम्रता का व्यवहार कर रहा है।

रोन के बारे में मुझे और भी रिपोर्ट मिल रही थीं जो मुझे बिल्कुल पसन्द नहीं थीं। ग्राहक हीन होटल के गुंडू राव फल-फूल विशेषज्ञ हैं जो टाउन हॉल में इर्द गिर्द बने नाम मात्र के पार्क के रख रखाव के लिए ज़िम्मेदार हैं, सेंट्रल पुलिस स्टेशन और कलेक्टर के दफ़्तर के लड़खड़ाते लॉन और इसी के साथ फव्वारे के विशेष अवसरों पर और स्वतन्त्रता दिवस तथा महात्मा गाँधी के जन्मदिन पर ज़ोरदार ढंग से धार छोड़ने के भी ज़िम्मेदार हैं। वे एक दिन मेरे पास आए और धीरे से कहने लगे, ''सर, मैं आपको कुछ बताना चाहता हूँ।''

वर्मा, जो हमें देख रहा था, बोला, ''कोई रहस्य की बात है?''

राव चुप हो गया, बोला, ''नहीं कोई खास बात नहीं है।''

वर्मा को और भी बहुत काम थे, उसने हमें अकेला छोड़ दिया। जब मैं कॉफी पीकर बाहर निकला तो वह सड़क पर साइकिल के सहारे खड़ा मेरा इन्तज़ार कर रहा था। मेरे पास आकर पूछने लगा, ''वह जो आदमी आपके यहाँ रहता है, कौन है?''

''क्यों?'' मुझे उसके बात करने के ढंग पर एतराज़ हुआ।

''देखिये...मेम्पी रोड पर वह जो प्रोटेस्टेन्ट कब्रिस्तान है...।''

''हाँ, है, लेकिन मेरा उस से कोई सम्बन्ध नहीं है।''

''मुझे उसके पेड़-पौधों और फूलों की कटाई-छंटाई का काम सौंपा गया है। कलेक्टर साहब ने खुद मुझे बुलाकर यह करने की हिदायत की। पता नहीं, इस कब्रिस्तान में इतनी रुचि क्यों पैदा हो गई, और यह मेरा काम भी नहीं है, लेकिन आर्डर तो मानना ही होगा।''

''ठीक बात है, लेकिन आप कुछ और कह रहे थे।''

''अरे हाँ, उस आदमी के बारे में जो आप के यहाँ रहता है। मैं उसे अक्सर वहाँ देखता हूँ, एक कोने में बैठा रहता है—उसके साथ, हमेशा एक लड़की रहती है। वह लड़की कौन है, यह मैं जानता हूँ, पर आपको बताऊँगा नहीं। यह जगह पाँच मील दूर है, मेरा दुर्भाग्य है कि मुझे रोज़ साइकिल चलाकर वहाँ जाना पड़ता है—बड़ी थकान हो जाती है—लेकिन अगर मैं न जाऊँ तो वह बूढ़ा माली, जो वहीं एक झुग्गी में रहता है, कुछ भी काम नहीं करेगा और कलेक्टर साहब मेरे पीछे पड़ जाएँगे—हालांकि मैं यह समझ नहीं पाता कि वहाँ यह सब क्यों कराया जा रहा है।''

''ठीक है, उस आदमी के बारे में जो भी जानते हैं, बताइये।''

''जी, पहले तो मुझे ताज्जुब हुआ कि वहाँ वे क्यों आते हैं और कैसे आते हैं, लेकिन फिर मैंने देखा कि गेट के पास एक स्कूटर खड़ा है—उस पर लड़की को पीछे बिठाकर वह वहाँ आता है, जो आजकल का रिवाज़ बन गया है। दरअसल यह मेरा काम नहीं है, जब कोई आदमी और लड़की एक-दूसरे के इतने पास सटकर बैठते हैं—तब मैं दूर हट जाना पसन्द करता हूँ। इसे देखकर मुझे उलझन होती है।''

इसके बाद रॉयल थिएटर का मैनेजर नटराज मुझे मजिस्ट्रेट के यहाँ वरांडे में मिला, और कहने लगा, ''क्या बात है, आप मेरे थिएटर में नहीं आते? अब मैंने सीटिंग बिल्कुल बदलवा दी है, उन पर गद्दियाँ लगवा दी हैं और नायलॉन से मढ़वा दिया है कभी आकर देखें कि इस नए इन्तज़ाम पर भी कुछ लिखें। इन दिनों हम जो फिल्म दिखा रहे हैं, उसमें कराटे का करतब दिखाया गया है। हर शो फुल जा रहा है, अब क्या बताऊँ। दो दिन पहले आपके मेहमान ने ऊपर बालकनी में दो सोफ़े बुक कराये। उसने भी हमारे इन्तज़ाम की बड़ी तारीफ़ की। दुनिया भर में घूमे हुए हैं वे!''

और मार्केट गेट का वह फोटोग्राफर जयराज, जो शहर की खबरों का सबसे बड़ा तालाब है—जिसमें और भी बहुत सी बस्तियों सभी तरह के लोगों और बत्तियों से जुड़ी धाराएँ गिरती हैं—जहाँ मैं सारी दुनिया की खबरें इकट्ठा करने के लिए हमेशा जाता हूँ, कहने लगा, ''आपका मेहमान आजकल बहुत चुस्त हो गया है। पहले वह कैनेडी के यहाँ से साइकिल किराये पर लेता था, पर अब लेना बन्द कर दिया है और बेचारे का एक रोज़ का ग्राहक जाता रहा है। पता है, क्यों?

क्योंकि संबू ने अपना वेस्पा स्कूटर उसे मुफ़्त में दे दिया लगता है। जानते हैं, उसने स्कूटर क्यों लिया है?''

''क्योंकि उसे पीछे बिठाने के लिए कोई मिल गया है।''

''मालूम है, वह कौन है?''

''हाँ, अंदाज़ा तो है।''

''सही है। वह लड़की पर बहुत ध्यान देता है।'' उसने शैतानी से मुस्कराकर कहा। इस तरह की खबरें वह बड़े मज़े ले-लेकर सुनाता था। ''उसका प्रोग्राम पता है? 10.30 बजे वह टाउन हॉल के मैदान में तैयार खड़ा होता है; 10.35 पर लड़की संबू के वेस्पा पर बैठी दिखाई देती है; 10.45 पर न्यू एक्सटेंशन में किस्मत पार्लर पर आइसक्रीम खाई जाती है; 10.58 पर वह चौराहे पर उतर कर एलबर्ट मिशन कॉलेज पैदल चलकर जाती है, जिससे लगे कि घर से आ रही है। कॉलेज के बाद वे फिर चौराहे पर मिलते हैं, और इसके बाद उनका प्रोग्राम क्या होता है, इसका खुद अन्दाज़ा लगा लें मुझसे न पूछें।''

दूसरों ने भी अपने-अपने ढंग से इस बात की चर्चा की। बूढ़े लायब्रेरियन ने एक बार मेरे वहाँ जाने पर कहा, ''आजकल बेबी ज़्यादा दिखाई नहीं देती। पहले वह मेरा टिफ़िन लेकर आती थी, लेकिन अब मैं उसके लिए खुद घर जाता हूँ, और लायब्रेरी की देखभाल का जिम्मा किसी पाठक पर ही छोड़ जाता हूँ। लोग मेरी बड़ी मदद करते हैं—पुराने पाठक हैं, इसलिए मैं खाकर थोड़ी देर आराम भी करता हूँ, फिर लौटता हूँ। बेबी अब रात को आठ बजे से पहले घर नहीं आती। आख़िरी साल है बी.ए. का और स्पेशल क्लास वगैरह चलते ही रहते हैं। मुझे यह सोचकर अच्छा लगता है कि अब वह ग्रेजुएट हो जाएगी। इसके बाद वह क्या करेगी? यह उसके माता-पिता तय करेंगे—लेकिन आप जानते है। कि मेरा दामाद बहुत समझदार नहीं है। बहुत ज़्यादा गँवार और किसान-सा है और उसकी पत्नी यानी मेरी बेटी, वह भी अब उसी जैसी बन गई है। मैं चाहता था कि उसकी शादी मद्रास या कलकत्ता के किसी लड़के से करूँ। लेकिन यह लड़का पैसे वाला था और मद्रास में पढ़ता था, तो मैंने सोचा कि वह सिविल सर्विस का इम्तहान पास कर लेगा, लेकिन उसके पिता मर गए और वह गाँव में जाकर रहने लगा और अब उसके दिमाग़ में गोबर का इस्तेमाल करने, उससे गैस बनाने की मशीन लगाने के ख़याल भरे रहते

हैं। दोनों इसके अलावा और कुछ बात ही नहीं करते—हमेशा गैस, गैस, गैस ही करते रहते हैं, जिससे उनका स्टोव जलता है और कुछ बल्ब भी जल जाते हैं। बेबी जब उनके पास गाँव जाती हैं, छुट्टियों के दिनों में, तब उसका वहाँ मन नहीं लगता, हालाँकि मैं उसे समझाता रहता हूँ कि कम-से-कम दस दिन अपने माता-पिता के साथ ज़रूर रहना चाहिए। जब वह दस साल की थी, तभी मैं उसे अपने साथ यहाँ ले आया था, जिससे वह पढ़-लिख जाए। कॉलेज की पढ़ाई पूरी करने के बाद वह क्या करेगी? रात-दिन मुझे यह बात परेशान करती है। मैं तो चाहता हूँ कि वह कहीं अफसर बन जाए— लेकिन बहुत दूर की जगह नहीं। मैं यह भी चाहता हूँ कि उसकी शादी हो जाए—और वह खुश रहे—लेकिन बहुत दूर कहीं शादी न हो जिससे मैं उसे देख भी न सकूँ। मैं उसकी उपस्थिति का आदी हो गया हूँ—उसकी दादी भी यही कहती है कि शादी कहीं दूर न हो। देखो, अब भगवान को क्या मंज़ूर है।''

इसी समय एक पुराना पाठक वहाँ आया और पूछने लगा, ''*मेल* अखबार का दसवां पन्ना गायब है।''

''उसमें क्या खास चीज़ है?''

''क्रॉसवर्ड,'' उसने कहा।

बूढ़ा बोला, ''मैं समझ गया था।'' उसने दराज़ से वह पन्ना निकाला और उसे यह कहकर दे दिया, ''उसकी नकल कर लेना। इसमें निशान मत लगाना।''

~

ये बातें सुनकर मैं परेशान हो उठा। सोचने लगा कि इस स्थिति में मैं क्या करूँ, और क्यों करूँ। इससे मेरा कोई लेना-देना नहीं था। फिर भी मुझे रोन की पुरानी ज़िन्दगी पर शक होने लगा। उसे सही करना ज़रूरी है, लेकिन पहले मैं सारे तथ्य इकट्ठा कर लेना चाहता था। इसके लिए जासूसी करना भी ज़रूरी था। इन दिनों वह नाश्ते के बाद निकल जाता था और लंच तक बाहर रहता, उसके बाद फिर चला जाता था। मैंने देखा कि वह गिरिजा के टाइम टेबिल के अनुसार काम करता है। जब वह शाम को निकलता तब यह तय था कि रात को आठ बजे के बाद ही वापस आएगा। मैंने दूसरी चाभी से उसके कमरे

का ताला खोला। कमरे में घुसा तो लगा कि मैं अपने ही घर में चोर की तरह घुस रहा हूँ। मैं काफ़ी उत्तेजित था और जल्दी सब कुछ निपटाने की कोशिश कर रहा था। मैंने उसका ब्रीफकेस खोलकर देखा और चिट्ठियों की फाइल पर नज़र डाली, ये बहुत ज़्यादा थीं। सिर्फ दो लिफ़ाफों पर उसका नाम था, बाकी सब में दूसरे नाम थे और सब हर शहर में डाक घर के पते से आए थे। हमारे देवी-देवताओं की तरह उसके अगणित नाम थे—अशोक, नरेन, डी क्रुज़, जान, आदम, शंकर, श्रीधर, सिंह, इकबाल, वगैरह वगैरह। चिट्ठियाँ सभी लड़कियों की थीं, मिन्नत करते हुए, अपील करते हुए, शिकायत करते हुए, धमकियों से भरे और कई सेक्स से भरे—मेरी, रीता, नैन्सी, मंजू, कमला वगैरह के लिखे। एक या दो दुबई या कुवैत के पते पर थे, और एक से दूसरी जगह घूमते हुए पहुँचे थे। कुछ पत्र रोजा के भी थे जो उस तक पहुँच गई थी। और एक बात सबमें समान थी : मुझे छोड़ क्यों दिया। कुछ में ब्लैक मेल करने की कोशिश की गई थी, कुछ में पुलिस को सूचना देना या इन्टरपोल को तलाश में लगाने की बात भी कही गई थी। चिट्ठियों पर लिखे शहरों और मुहरों का हिसाब बिठाना हो, तो एक काफ़ी बड़े दुनिया के नक़्शे की ज़रूरत हो सकती थी और इतने ज़्यादा देशों के स्टांप उन पर लगे हुए थे कि उनसे काफ़ी बड़ा एलबम बनाया जा सकता था। इसलिए ताज्जुब नहीं कि इतनी लड़कियाँ उसे हमेशा ढूँढने में लगी रहती थीं लेकिन कभी पकड़ नहीं पाती थीं। एक पत्र में लिखा था : ''तुम्हारे पास दिल नहीं है—राक्षस हो तुम कि एक बच्ची को बरगलाया, और अब जब वह तुम्हारी याद में दिन-रात रो रही है, तुम उससे दूर बने हुए हो। तुम उसे विदाई का एक चुंबन दिए बिना ही रात को चुपचाप गायब हो गए, यह हृदयहीनता तुम क्या समझो।'' एक में लिखा था, ''बस, तुम वापस आ जाओ। मैं पैसे की बात भूल जाऊँगी।'' एक और देखिये, ''अब तुम्हें आने की ज़रूरत नहीं है—अब मेरे दरवाज़े पर आओगे तो मैं तुम्हें बाहर फिकवा दूँगी। बस, मेरा पैसा लौटा दो कम-से-कम 20 हज़ार बनते हैं, फिर तुम भाड़-चूल्हे में जाओ। अगर इस पर ध्यान नहीं दिया तो मैं इन्टरपोल को गुमनाम चिट्ठी लिख दूँगी।'' यह पढ़कर मैं सोचने लगा कि कहीं यह ड्रग स्मगलिंग तो नहीं करता था। वह एक से दूसरे पते पर गायब हो जाने की कला में माहिर था, और मुझे ताज्जुब हुआ कि वह अपना पता देता ही क्यों था—और डाकखानों

में चिट्ठियाँ उठाते समय वह पकड़ा क्यों नहीं गया। उसे शायद चिट्ठियाँ इकट्ठी करने और उन्हें सँभालकर रखने से लगाव-सा था। यह चकित करने वाली बात थी। ये चिट्ठियाँ कोई जमा करके क्यों रखेगा—हर चिट्ठी उसे जेल भिजवाने को काफ़ी है। विलक्षण आदमी था। मैं उसके बहुमुखी अनुभव, बेपरवाही और हिम्मत का प्रशंसक हो गया था। इसके जीवन की केन्द्रीय प्रेरणा क्या रही होगी? मुझे एक जिल्द बंद मोटी किताब भी मिली, जिसमें वह समय-समय पर लिखा करता था। उसे पढ़ने में मुझे हिचक हुई अगर मैं इसे पढ़ने बैठ गया तो समय का पता नहीं चलेगा, और हो सकता है कि इस बीच वह वापस आ जाए। इसलिए मैंने उसे कहीं-कहीं खोल-पलटकर उसका जायज़ा लेने की कोशिश की। मैं यह समझ नहीं पा रहा था कि यह आदमी अपने कुकृत्यों का विवरण क्यों लिखता रहा है। एक जगह उसने लिखा था : ''यहाँ टिकने की ज़रूरत नहीं है। एस. तो असम्भव जान पड़ती है। सोचती है कि आदमी को उससे प्रेमालाप करने के सिवा और कोई काम ही नहीं है।'' एक जगह लिखा था : ''मेरा प्रोजेक्ट मेरे लिए बहुत महत्त्वपूर्ण है। अगर उसमें बाधा पड़ती है, तो मैं सबकुछ छोड़कर भाग जाने को तैयार हूँ। बेवकूफ़ चूहे की तरह मैं बार-बार उसी पिंजड़े में फँस जाता हूँ। इस स्थिति में मैं दूसरों को अपनी किताब के महत्त्व के बारे में समझा नहीं सकता—और दूसरे काम के साथ, भले ही यह उसी का विस्तार हो, इसे भी चलते रहना चाहिए। जब किताब निकलेगी, दुनिया हिल जाएगी। फिर दुनिया का सबसे बड़ा इनाम भी मेरी झोली में आ गिरेगा।'' एक जगह उसने लिखा था, ''योर मेजेस्टी, किंग गुस्ताफ़ एण्ड क्वीन, तथा नोबेल कमेटी के माननीय सदस्यगण—यह पुरस्कार स्वीकार करते हुए मैं महसूस कर रहा हूँ कि आपने मेरे देश का सम्मान किया है।'' भारत और स्वीडन दोनों देशों में बड़ी सांस्कृतिक समानताएँ हैं। तभी हॉल में लगी दीवार घड़ी ने पाँच का घंटा बजाया, उसे सुनकर मैंने जल्दी से सब चिट्ठियाँ और यह डायरी दराज़ों में जहाँ की तहाँ वापस रख दीं, दराज़ बन्द की और उसमें पहले की तरह ताला भी लगा दिया, चुपचाप वहाँ से बाहर निकल आया और कहीं भी अपना कोई निशान नहीं छोड़ा।

~

एक दिन मैं उससे पूछ बैठा, ''यह लड़की कैसी लगती है आपको?''

''कौन लड़की?'' उसने सवाल किया।

''गिरिजा—लायब्रेरियन की पोती, जिसे वह बेबी कहता है।''

''पता नहीं'', वह बोला। ''मैं उसे ज़्यादा नहीं जानता। कभी-कभार दिख जाती है, खासतौर पर स्कूल में जहाँ मेरा एक दोस्त प्रोफ़ेसर है, और मैं उससे मिलने जाता हूँ। अब आप पूछ ही रहे हैं, तो मैं बताऊँ कि वह काफ़ी स्मार्ट है और सही ट्रेनिंग दी जाए तो कुछ बन सकती है। लेकिन यह जगह उसके लिए अच्छी नहीं है। उसे इस गँवार पट्टी से निकलना चाहिए। अगर आप इसका बुरा न मानें।''

मुझे यह शब्द अजीब लगा। ''लेकिन आपको तो दुनिया की और सभी जगहों से यही सबसे ज़्यादा पसंद है।''

''मेरा काम और है—लेकिन एक युवा दिमाग के लिए, जो ज़िन्दगी में कदम रख रहा है, ज़रा शहरी, आधुनिक और सांस्कृतिक माहौल की ज़रूरत है, यह मेरा अपना विचार है, किसी से कहना भी नहीं, लेकिन मैंने जो देखा है उससे मैं जानता हूँ कि बाबा के साथ रहकर बड़े होना उसके लिए अच्छा नहीं है। उसे होस्टल में रखा जाना चाहिए। जहाँ वह अपनी उम्र के साथियों से अपनी तुलना कर सके और उनसे आगे बढ़ना सीख सके। मार्च में इम्तहान हो जाएँ, इसके बाद उसे यह सोचना चाहिए।''

''और शादी?''

''अरे नहीं, इसकी अभी ज़रूरत नहीं है, हालाँकि यह हो भी सकती है। लेकिन शादी के बाद भी लड़की बहुत कुछ करती रह सकती है। पर महत्त्वपूर्ण बात यह है कि उसे इस माहौल से निकालना चाहिए।''

''गँवारपन से।'' वह यह सुनकर मुस्कराया। उसके दिमाग़ में घुसना आसान नहीं था।

~

बूढ़े लायब्रेरियन ने कहा, ''गिरिजा बड़ी भाग्यशाली है। उस आदमी ने उसे पढ़ाने की ज़िम्मेदारी ले ली है। वह कई विषयों का विद्वान है। आप क्या सोचते हैं

इस बारे में?''

मैं हिचका। अजीब स्थिति थी। मैं नहीं जानता था कि बूढ़ा उसके बारे में क्या जानता है। अपनी पोती को अच्छी शिक्षा दिलाने के लिए वह यह प्रस्ताव स्वीकार कर सकता है। मैं जब तक गिरिजा से खुद बात न कर लूँ तब तक मेरे लिए कुछ समझ पाना आसान नहीं होगा और पहले तो कभी-कभी उससे मेरा हँसी-मज़ाक ज़रूर हो जाता था, पर अब तो वह मुझे दिखाई भी नहीं देती थी। इसलिए मैंने अभी कोई जवाब देना ठीक नहीं समझा। मेज़ पर बैठे एक-दो पाठकों ने हमारी तरफ उत्सुकता से देखा। मैंने बूढ़े को सलाह दी कि इन लोगों से अपने को दूर रखे। मैं यह कहकर वहाँ से चला, ''अब गर्मी बढ़ने लगी है,'' और पाठक नज़रें फेरकर अपने काम में लग गए।

शाम को लायब्रेरी बन्द होते समय मैं यहाँ आया और बूढ़े के साथ अकेले में बात करने लगा। बूढ़ा खिड़कियाँ बन्द कर रहा था, बाहर निकली कुर्सियों को भीतर सरका रहा था और ताला बंद करने से पहले चारों तरफ आख़िरी नज़र डाल रहा था।

मुझे देखकर उसने पूछा, ''इस वक्त आप क्यों आए हैं?''

''मैं इधर से गुज़र रहा था, तो मैंने सोचा कि आपके साथ ही वापस जाऊँ।''

उसने अपना पुराना छाता बगल में दबाया, उसका बाँस का पीला हैडिल सालों से उँगलियों की रगड़ से काला पड़ चुका था, और आगे बढ़ा। मैं साइकिल पकड़े उसके साथ चलने लगा। वह पास ही पुराने पाम ग्रोव में पन्द्रह मिनट की दूरी पर—एक छोटे से घर में रहता था, जिसके सामने सीमेंट का काफ़ी बड़ा प्लेटफॉर्म सा था। रास्ते भर वह अपनी पोती के भविष्य के बारे में बात करता रहा, जो उसकी दृष्टि में बड़ी तेज़ लड़की थी। मैंने उसे रोन के बारे में चेतावनी देने का विचार छोड़ दिया। मुझे लगा कि रोन के खिलाफ कोई बात उसकी समझ में नहीं आएगी।

उसने मुझे घर आने का न्योता दिया। मैंने साइकिल खंभे के सहारे टिका दी और चबूतरे पर बैठ गया। वह ज़रा देर के लिए भीतर गया और हाथ-मुँह धोकर वापस आया और मुझे भीतर ले गया। यहाँ वह आराम कुर्सी पर आराम से बैठ गया। उसने अपनी बास्केट कील पर लटका दी, उसके ही ऊपर शर्ट भी टाँग दी और तौलिया कंधे पर डाल लिया।

''इस घर में हम दोनों ही रहते हैं—और बेबी है, उसका कमरा सामने वाला है। आप चाहें तो उसे देख सकते हैं।''

उसे खुश करने के लिए मैं भीतर गया और चारों तरफ़ नज़र डाली। सामने एक छोटी सी मेज़ थी जिस पर उसकी किताबें और कापियाँ भरी थीं और बगल में एक स्टेंड था जिस पर कपड़े उलटे-सीधे लटक रहे थे। दीवार पर उसने फिल्म स्टारों के पोस्टर लगाये हुए थे, जिनके साथ एक-दो देवी-देवताओं के चित्र थे—उन पर फूल चिपके हुए थे। एक छोटी सी खिड़की पड़ोस के मकान में खुलती थी, एक छोटा सा बल्ब हल्की सी रोशनी दे रहा था। बूढ़े ने कुछ शिकायत के लहज़े में कहा : ''वह हमेशा हॉल में ही ज़मीन पर बैठकर पढ़ती है, ज़मीन पर किताबों को फैला लेती है। घर में कोई भी उसे डिस्टर्ब नहीं करता। जब वह पढ़ती होती है, मैं चुपचाप वहाँ से गुज़र जाता हूँ और उसकी दादी भी ऊँचे सुर में यहीं बोलती। हम यहीं चाहते हैं कि वह अच्छे नम्बर लेकर पास हो और उसे सरकार की तरफ से स्कॉलरशिप भी मिल जाए।''

तब तक उसकी पत्नी पड़ोस के घर से लौट आई। उसने बुढ़िया से मेरा परिचय कराया और बताया कि मैं ही उस शानदार विदेशी का मेज़बान हूँ। ये कबीर स्ट्रीट में रहते हैं, वहाँ मामूली आदमी नहीं रहते। फिर उसने मेरे पुरखों के बारे में उसे बताया।

फिर बुढ़िया ने मेरे पुरखों के बारे में अपनी तरफ़ से बहुत सी बातें बताईं, बहुत से रिश्तों को एक-दूसरे से जोड़ा और मेरी एक चाची का नाम लेकर, जिसके बारे में मैंने कभी कुछ नहीं सुना था, उसके परिवार से अपने सम्बन्धों की भी चर्चा की। वह कहने लगी :

''आप बड़े किस्मत वाले है ऐसे महान विदेशी की मेज़बानी कर रहे हैं। अच्छे मेहमानों से हमें इज़्ज़त मिलती है। एक वक्त था जब मैं इन्हीं हाथों से खाना बना कर न जाने कितने लोगों को खिलाती थी, लेकिन यहाँ नहीं, हमारे अपने गाँव गोकुलम में। पर वह जगह हमें छोड़नी पड़ी—भगवान की मर्ज़ी है। तब मेरी बेटी की शादी नहीं हुई थी—हमें वह घर छोड़ना पड़ा और यहाँ आ गए—गिरिजा यहीं पैदा हुई।''

''तुम ये सब कहानियाँ सुनाकर इन्हें क्यों परेशान कर रही हो,'' बूढ़ा बोला।

लेकिन वह चुप नहीं हुई, ''मेरे पति ज़िला कचहरी में रजिस्ट्रार थे—''

''फ़िज़ूल बात मत करो। मैं रजिस्ट्रार नहीं। तुम्हें सौ दफ़ा समझाया है।''

''तो क्या हुआ! रोज़ तुम्हारे पास कितना पैसा आता था, और कितने लोग मिलने आते थे। और खाली हाथ कोई नहीं आता था। हमें बाज़ार जाकर कुछ खरीदने की ज़रूरत नहीं होती थी न सब्जी और फल या चावल।''

''उन दिनों के लोग बहुत मेहरबान हुआ करते थे,'' बूढ़े ने स्पष्ट किया।

उसका मतलब मेरी समझ में आ गया। सरिश्तेदार होने के नाते उसे लोगों को फ़ैसले की कापियाँ या कचहरी के आदेश वगैरह बाँटने होते थे, जिनके बदले में उसे ये वस्तुएँ प्राप्त होती थीं।

लेकिन बूढ़े को ये बातें अच्छी नहीं लग रही थीं और वह विषय बदलना चाहता था।

रिटायर होने के बाद मैंने यह काम स्वीकार कर लिया—''आसान है और लायब्रेरी पास भी है। पहले तो मैंने इनकार कर दिया, लेकिन जज साहब ने, जिन्होंने इसकी शुरुआत की और जिनकी फोटो भी सर फ्रेडरिक लॉले के बगल में लगी है, मुझसे आग्रह किया कि यह काम समाज-सेवा के तौर पर करो। उद्घाटन के जलसे में—जो बड़ा भारी कार्यक्रम था—उन्होंने अपने भाषण में मेरा भी नाम लिया।''

मुझे सन्देह हुआ कि यह जज सरिश्तेदार की माफ़र्त रिश्वत लेता होगा—मैंने कहा, ''उस वक़्त मैं हाई स्कूल में पढ़ता रहा होऊँगा।''

बुढ़िया ने बिना भूमिका के कहा, ''डॉ. रोन दो-तीन दिन पहले यहाँ आए थे—गिरिजा उन्हें लेकर आई थी। कितने सादा आदमी हैं—घमंड तो छू भी नहीं गया है—इतने बड़े आदमी के लिए...। बहुत से देशों में बड़े-बड़े ओहदों पर काम किया है—कितने ज्ञानी हैं। मैं तो रातभर उनकी बातें सुनती रहती, कितना अच्छा बोलते हैं, पर इन्हें नींद आने लगी। मैंने ज़िद करके उन्हें खाना खिलाया और उन्होंने मजे से खाया—हालाँकि खाना एकदम मामूली था, और न अच्छी प्लेट थी, न एक भी चम्मच। उन्होंने हाथ से ही खाया। बस, ज़मीन पर बैठने में परेशानी हुई।''

मैं घर लौटा तो रोन के कमरे में रोशनी जल रही थी। मेरी इच्छा हुई कि जाकर उससे पूछूँ कि अब वह यह कैसा खेल खेल रहा है और चेतावनी दूँ कि इससे दूर रहे, और अपनी फाइल में एक और शिकायती पत्र न डलवाये।

लेकिन मुझे खुद अपनी समझ पर ही सन्देह होने लगा। मैं ही घटना को गलत समझ रहा हो सकता था। आख़िरकार उसे बहुत सी स्त्रियों का अनुभव था और हो सकता है कि गिरिजा के प्रति उसका भाव यह न होकर कुछ और हो, और वह उसे भतीजी मानकर व्यवहार कर रहा हो, कि उसकी सहायता से गिरिजा अच्छी तरह पढ़-लिखकर अपनी ज़िन्दगी बना ले। ये बूढ़े-बुढ़िया तो जैसे उसकी पूजा करने लगे थे। वे भी मेरे इरादे को गलत समझ सकते हैं, और मैंने अगर उनकी समझ के विपरीत कुछ कहा या किया तो सोच सकते हैं कि मैं ही लड़की का भला नहीं चाहता और उससे दुश्मनी निभा रहा हूँ। वे पलटकर मुझसे कह सकते हैं, इस मामले में अपनी टाँग मत अड़ाओ, हम अपना भला-बुरा जानते हैं। और मैं उन्हें रोन के प्रेम-प्रसंगों के बारे में ज़्यादा कुछ बता भी नहीं सकूँगा। अगर वह मेरा घर छोड़ गया तो लोग बातें करने लगेंगे, जिसका लड़की के जीवन पर असर हो सकता है और उसके परिवार को भी इसका खामियाज़ा भुगतना पड़ सकता है। हो सकता है, मैं ही स्थिति को गलत समझ रहा होऊँ। आख़िरकार मैं इस लड़की को उस समय से देख रहा हूँ जब वह छोटी सी बच्ची थी और एलबर्ट मिशन के नर्सरी स्कूल में फ़्रॉक पहनकर जाती थी, और अब उम्र के हिसाब से काफ़ी लम्बी हो गई है, और सफ़ेद धुली कड़क इस्तिरी की हुई सूती साड़ी और ब्लाउज में बहुत स्मार्ट लगने लगी है—पर इसका मतलब यह भी नहीं है कि वह बड़ी उम्र के लोगों की तरह चालाकी और हिम्मत के काम कर सकती है। बड़ी दिखने पर भी उसका दिल बच्चों वाला ही हो सकता है। लेकिन फिर उस प्रोटेस्टेन्ट चर्च में मिलने-जुलने का क्या मतलब? यह तो सीधी-सादी लड़की का काम नहीं है। अगर रोन इसकी शिक्षा में योगदान देने के लिए इसके साथ होता था, तो वहाँ जाने की क्या ज़रूरत थी...। बिस्तर पर लेटा मैं इसी उधेड़ बुन में लगा रहा और स्थिति के हर पहलू को सही-सही समझने की कोशिश करता रहा और आधी रात के बाद ही मुझे नींद आई।

~

हमारा लोटस क्लब अब पच्चीस साल पूरे कर रहा था, इसलिए टाउन हॉल

में हमने एक बड़ा जलसा करने का फ़ैसला किया, जिसमें संयुक्त राष्ट्र संघ के डॉ. रोन का ''भविष्य विज्ञान'' के एकदम अछूते विषय पर भाषण भी निश्चित किया गया। रोन मेरे कहने पर तैयार तो हो गया, पर बोला, ''मैं आमतौर पर भाषण देने से बचता हूँ। मैं लेखक हूँ, वक्ता नहीं। लेकिन आपने हमेशा मेरे साथ अच्छा किया है, इसलिए मैं ना नहीं कर सकता। मुझे आपकी बात माननी चाहिए।'' यह उस दिन के बाद की घटना है जब हम नदी किनारे घूमने गए थे, और उसने इस विषैली घास के द्वारा दुनिया के नाश की अपनी थियॅरी मुझे समझाई थी।

लोटस क्लब अपनी प्रतिष्ठा बनाये रखने के लिए काफ़ी समय से कुछ विशेष कार्यक्रम आयोजित करने का विचार कर रहा था, हालाँकि इससे भी ज़्यादा यह बात थी कि क्लब के पास धन की कमी नहीं थी, और इसको जयंती मनाने के लिए एक धनी व्यक्ति ने कई साल पहले एक बड़ी रक़म दान में दे रखी थी। प्रेसीडेन्ट भी इसके लिए तुरन्त तैयार हो गए। उनको खुशी हुई कि अन्तर्राष्ट्रीय महत्त्व के विद्वान व्यक्ति एक बिल्कुल नए और महत्त्वपूर्ण विषय पर भाषण दे रहा है। उन्होंने कहा कि हम ज्योतिष-विज्ञान जानते हैं, शरीर-विज्ञान और भू-विज्ञान भी जानते हैं, भविष्य-विज्ञान के बारे में कुछ नहीं जानते।

प्रेसीडेन्ट ने मुझसे कहा कि मैं लोटस क्लब—''सेवा के पच्चीस वर्ष'' शीर्षक से एक पुस्तिका छापूँ जिसका हॉल में वितरण किया जाए—और हज़ारों पर्चे छापकर सारे शहर में बाँटे जाएँ, इनके साथ सुनहरी धारियों वाले कीमती निमन्त्रण कार्ड भी कम से कम पाँच सौ छापे जाएँ, जिसे भारत के राष्ट्रपति, प्रधानमंत्री, मंत्रिमंडल के प्रत्येक सदस्य, उच्च अधिकारियों तथा पत्र-पत्रिकाओं के सम्पादकों को भेजा जाए। मुझे इससे ज़्यादा अच्छा काम और कोई नहीं लगा और खुशी से इसे करने में लग गया।

'ट्रूथ प्रिंटिंग वर्क्स' के मालिक नटराज ने मेरे लिए प्रेस का एक कोना खाली करवा दिया। मैं सवेरे यहाँ आकर बैठता और जलसे की पुस्तिका के लिए लिखने लग जाता और निमन्त्रण पत्र वगैरह का काम करता, और यहीं से छापने के लिए सामग्री भेजता रहता। नटराज ने भी रोज़मर्रा के सारे काम छोड़कर इसी में अपने को झोंक दिया था। इस तरह जी जान से काम में लगे रहने से मुझे एक अजीब तरह की खुशी मिलती थी, लेकिन मन में कहीं यह खटका भी पैदा

हो गया था कि जब यह सब खत्म हो जाएगा तब मेरे दिन कितने खाली हो जाएँगे।

श्री गणेश राव लोटस क्लब के प्रेसीडेन्ट थे, जिन्हें अब पेंशन मिलती थी, लेकिन जो सुप्रीम कोर्ट के जज रह चुके थे। मेरे दिन की शुरुआत लॉले एक्सटेंशन में स्थित उनके बंगले से होती थी। प्रभावी व्यक्तितव के ये बुजुर्ग देखने में लॉयड जार्ज या आइन्सटाइन की तरह लगते थे, जिनके सफ़ेद बाल कंधे पर लटकते रहते थे हमारे कस्बे के रत्न माने जाते थे और लोग उन्हें बड़ी इज्ज़त की नज़र से देखते थे—उन्हें गर्व था कि दिल्ली, कश्मीर और विदेशी अदालतों में बीसियों वर्ष सेवा करने के बाद उन्होंने जीवन के अन्तिम वर्ष अपने जन्म स्थल में ही बिताने का फ़ैसला किया था।

~

टैक्सी ड्राइवर गफ़ूर, जिसकी एम्बैसडर गाड़ी मार्केट रोड की फ़व्वारा दीवार से लगी बहुत अच्छी जगह खड़ी होती थी—सिवाय ट्रेन आने के समय जब वह स्टेशन के सामने गुलमोहर के पेड़ के नीचे खड़ी हो जाती थी—मैं जलसे से पहले उसकी तलाश में बेचैनी से लगा था। मुझे शहर भर में सब जगह निमन्त्रण पत्र और पर्चे वगैरह बाँटने और उससे जुड़े दूसरे कामों के लिए आना-जाना पड़ता था। मेरे पास इतना काम था कि मुझे लगा कि अब अपनी साइकिल या संबू के स्कूटर से—अगर वह मिल जाए तो बिल्कुल काम नहीं चलेगा और मुझे ज़्यादा तेज़ गाड़ी की ज़रूरत पड़ेगी।

लेकिन गफ़ूर वहाँ दिखाई ही नहीं देता था। मैं जगह-जगह उसकी तलाश करता फिर रहा था। कोई नहीं जानता था कि वह कहाँ मिलेगा। वक्त की भी बहुत कमी थी, जलसे का दिन पास आता जा रहा था। तब हमेशा की तरह जयराज ही मेरे काम आया। ''अरे, वह ईदगाह में रहता है। उन छोटे-छोटे घरों में। रात को घर जाऊँगा तो पता लगाऊँगा और सन्देश छोड़ दूँगा।''

दूसरे दिन सवेरे गफ़ूर की एम्बैसडर मेरे घर के सामने खड़ी थी। उसने गाड़ी सड़क के कोने पर रोक दी और मेरे कमरे में आकर बोला, ''मधु, तुमने मुझे बुलाया है?''—वह मेरे बचपन का साथी था और मुझे इसी नाम से बुलाता

था। मैं शेव कर रहा था और मुँह पर साबुन लगा था। मैं शीशे में देखता उससे बात करने लगा।

''गफ़ूर, इतने दिन तुम कहाँ रहे? बिल्कुल दिखाई ही नहीं दिए—मुझे अगले हफ्ते तुम्हारी बहुत ज़रूरत है।''

''मधु, आजकल तुम्हारा मेहमान मेरा इस्तेमाल करता है। हर सवेरे मैं उसकी हाज़िरी देता हूँ। लेकिन वह यह नहीं चाहता कि मैं उसे लेने यहाँ आऊँ, वह हर रोज़ साढ़े दस बजे फाउंटेन पर ही मुझे ले लेता है और शाम को पाँच बजे तक मैं उसके साथ रहता हूँ—लड़की को वापस पहुँचाने तक।''

''कौन लड़की? तुम उसे कहाँ ले जाते हो?''

''मेरा ख्याल है वे शादी करने वाले हैं—जिस तरह वे पिछली सीट पर बैठे बातें करते रहते हैं—वह उसे अमेरिका लिए जा रहे हैं...पर इस सबसे मुझे क्या मतलब है। पर मैं अपने कान तो बन्द नहीं कर सकता।''

''हे भगवान,'' मैं चीखा और मेरे चेहरे से साबुन का झाग बाहर उड़ने लगा।

''लेकिन मधु, तुम क्यों परेशान हो गए? कहीं तुम उससे शादी तो नहीं करना चाहते?''

''हे भगवान!'' मैंने फिर वही शब्द दोहराये, ''मैं उसे तब से जानता हूँ जब वह बच्ची थी। वह मेरे लिए बेटी की तरह है।''

''फिर क्या हुआ?'' वह बोला। ''तुम्हें तो खुश होना चाहिए कि उसे इतना अच्छा पति मिल रहा है। नहीं तो तुम्हें उसके लिए लड़का ढूँढने में कितना खर्च करना पड़ता। आख़िर तुम्हारे समाज में लड़कियों को मिलने-जुलने की छूट है—जो हम लोगों में नहीं है—हमारे यहाँ तो बुरका डाले बिना लड़कियाँ कहीं जा ही नहीं सकतीं और न लड़कों से बातचीत कर सकती हैं—तो फिर इसमें क्या बुराई है?''

''उसकी उम्र लड़की के नाना के बराबर है।''

''मुझे यह सही नहीं लगता। वह कितना खूबसूरत है, बिल्कुल अंग्रेज़ लगता है...अच्छा आदमी है, मीटर देखकर फौरन पैसे अदा कर देता है, किच-किच नहीं करता। अगर उस जैसे और ग्राहक मिलते तो मैं रॉल्स रॉयस या मर्सिडीज़ बेन्ज़ ख़रीद लेता।''

मैंने बात ख़त्म कर दी। मुझे गफ़ूर से उस दिन बहुत कुछ पता चला।

मैं यह भी देख रहा था कि पिछले दो दिनों से रोन अपना सामान बाँध रहा है, और फर्नीचर वालों से बात कर ली है कि जलसे के बाद अपना सामान उठा, ले जाएँ। यह योजना मुझे गफ़ूर से ही पता चली। टाउन हॉल की मीटिंग के बाद उसे मेरे घर से सामान उठाना था, फिर टाउन हॉल से रोन को लेना था, फिर लड़की को भी साथ लेकर मेम्पी हिल्स के पीक हाउस तक हमें पहुँचाना था। पीक हाउस से वे पहाड़ी के दूसरी तरफ़ मेम्पी कस्बे में पहुँच जाएँगे, फिर बस से भगवान जाने कहाँ चले जाएँगे। मुझे यह देखकर ताज्जुब हुआ कि रोन कितनी सफ़ाई से लड़की को उड़ा ले जा रहा है।

गफ़ूर की सूचना बहुत महत्त्वपूर्ण थी। अब मुझे तय करना था कि मैं क्या करूँ, लेकिन यह स्थिति बहुत नाज़ुक थी। मुझे देखना था कि किसी को भी कोई परेशानी न हो। मुझे बूढ़े लायब्रेरियन की रक्षा करनी थी, कि इस धक्के से कहीं उसकी मौत न हो जाए, और गिरिजा की भी कोई बदनामी न हो, न उसे वह दिन देखना पड़े जब हर लड़की की तरह उसे भी रोन किसी दूर दराज़ शहर में हमेशा के लिए छोड़कर ग़ायब हो जाए। मेरे दिमाग़ में वे सब कल्पनाएँ भी दौड़ने-भागने लगीं जो इस स्थिति में रूप ले सकती थीं—जैसे रोन के आकर्षण में फँसी लड़की जब पेट में बच्चा लेकर अकेली रह जाएगी, तो उसे गवर्नमेंट हॉस्पिटल की लेडी डॉक्टर लेज़ारस के पास ले जाना पड़ सकता है, कि उसकी जाँच करे और ज़रूरत पड़े तो गर्भपात भी करा दे—जो बापहीन बच्चे की माँ बनने से हर हालत में अच्छा ही होगा। रोन की दोस्त रहीं और लड़कियाँ तो बड़ी उम्र की और अनुभवी और ऐसी दुर्घटनाओं को सह सकने तथा उनसे मुक्ति पाने की योग्यता भी रखती रही होंगी, परन्तु यह लड़की तो एकदम बच्ची और इस तरह के मामलों में कच्ची हैं, यह तो झेल ही नहीं पायेगी—हाँ, रोन के सम्पर्क से उसका व्यवहार बदल गया है और बूढ़े दादा से झूठ बोलने में वह माहिर हो गई हो, तो दूसरी बात है। दादा के साथ धोखा करके उसने अच्छा नहीं किया था। मुझे शक हुआ कि अब शायद उसे पढ़ने-लिखने में भी कोई रुचि नहीं रह गई होगी—रोन ने उसे विश्वास दिला दिया होगा कि दुनिया की किसी भी यूनिवर्सिटी से डिगरी दिलवा देगा।

वह इस तरह की डींगें हाँका ही करता था, ''अरे, तुम ज़रा भी फ़िक्र मत करो—अमेरिका पहुँचते ही मैं टर्नबुल...यूनिवर्सिटी के प्रेसीडेन्ट से बात कर लूँगा।''

मेरे कानों में उसके ये संभावित शब्द जैसे सचमुच गूँजने लगे और लड़की की विश्वास भरी नज़र भी मुझे दिखाई देने लगी। मेरा मन हुआ कि लड़की को इस बेवक़ूफ़ी पर एक ज़ोरदार तमाचा लगाऊँ और उसे कमरे में बन्द कर दूँ और रोन को लात मारकर बाहर कर दूँ, लेकिन उसे तो मुझे खुश रखना ही ज़रूरी था। अगर वह परेशान होकर यहाँ से गायब हो गया, तो मालगुडी के सारे नागरिक मुझे ऐसे कमीने आदमी से ठगे जाने के लिए लानत भेजेंगे—कहेंगे कि इससे मैं एक महत्त्वपूर्ण विषय पर भाषण दिलवा रहा था। गफ़ूर के जाने के बाद मैं पूजा के कमरे में सोचता रहा, सोचता ही रहा, और फ़ैसला किया कि जलसा ख़त्म होने तक मैं इस बारे में कुछ भी नहीं करूँगा। मैं यह भी दिखाऊँगा कि मुझे रोन के मेरा घर छोड़ने की भी कोई जानकारी नहीं है।

इससे मुझे बहुत प्रेरणा मिली। मैं पूजा घर से बाहर निकला और अपनी डेस्क में पड़े कागज़ों में अपनी डायरी को ढूँढने लगा जिसमें उस महिला का कार्ड मैंने रख दिया था। पहले तो मुझे असफलता ही हाथ लगी, कार्ड तो ढेर सारे थे लेकिन उसी का नहीं मिल रहा था। मैं निराश हो गया और अन्त में सोचा कि चलो एक दफ़ा और देख लेता हूँ, तो एक झटका देते ही उसका पीला-सा कार्ड पट से नीचे गिर पड़ा। उसमें लिखा था : ''कमान्डेन्ट सरसा, होम गार्ड्स, वुमेन्स ऑक्सिलियरी, दिल्ली।'' पूरा पता, फोन और टेलेक्स नम्बर भी था। मैं दौड़कर पोस्ट आफिस गया और तार दिया :

फौरन आओ, पति मिल गया, फिर गायब होने से

पहले आ जाओ, आख़िरी मौका है उसे घेरने का

वेटिंग रूम में ठहरना, मैंने बात कर ली है शहर

में दिखाई मत देना, बाकी सब मिलने पर

योजना बड़ी कामयाब साबित हुई। मुझे पाँच रुपए का नोट देकर स्टेशन मास्टर को तैयार करना पड़ा कि वह पहले की तरह महिला को वेटिंग रूम में रहने की सुविधा दे, और उसने वादा किया कि वह इस बार भी शाही सम्मान से उसे रखेगा। मुझे उम्मीद थी कि वह जलसे की पहली शाम को वहाँ आ जाएगी जब रोन अपनी रोमांटिक योजना के साथ अपने भाषण की तैयारी में लगा होगा। गूफर की टैक्सी उसकी मदद के लिए उसके साथ ही होगी। मुझे ज़रा परेशानी हुई क्योंकि मैं मद्रास से आने वाली गाड़ी से उसका इन्तज़ार करता रहा, लेकिन

वह नहीं आई। फिर त्रिची की गाड़ी पर देखा लेकिन उससे भी नहीं उतरी। उसका पता-ठिकाना ही नहीं था। इसके बाद देर रात वह बस से पहुँची, त्रिची तक वह दिल्ली से प्लेन से आई, फिर वहाँ से सड़क का रास्ता लिया। उसकी कार स्टेशन के अहाते में खड़ी थी। उसने स्टेशन मास्टर को जगाया और उससे वेटिंग रूम खुलवाया।

मैं दिनभर जलसे के सैकड़ों छोटे-बड़े कामों में व्यस्त रहा, इसलिए आधी रात के बाद ही स्टेशन जा सका। उसे वहाँ देखकर मुझे धीरज बँधा। मैं वहाँ रुकना नहीं चाहता था, इसलिए मैंने स्टेशन मास्टर को प्रसन्न रखने के लिए उसे एक और नोट पकड़ाया और कमान्डेन्ट के नाम एक लिफ़ाफा देकर कहा कि इसे सवेरा होते ही उसे पकड़ा दे। उसे मैंने जलसे में शामिल होने के लिए वी. आई.पी.लोगों का एक कार्ड भी पकड़ाया जिससे उसे अपार प्रसन्नता हुई।

अपने पत्र में मैंने महिला को यह बताया था कि अब उसे क्या और किस प्रकार करना है।

~

लोटस क्लब के जलसे का जो ज़बरदस्त प्रचार किया गया था, उसके कारण भीड़ का ठिकाना न रहा। टाउन हॉल का सभागार ठसाठस भर गया। आयोजकों ने एक उपमंत्री को भी निमन्त्रित करने की हिम्मत की थी, जिसके कारण सारे सरकारी अफ़सर वहाँ आने को विवश थे। पुलिस और सुरक्षा का प्रबंध शानदार था। इस उपमंत्री के पास नगर योजना, पशु पालन, शिशु कल्याण, परिवार नियोजन सहयोग और प्रदूषण-नियन्त्रण वगैरह-इतने ज़्यादा विभाग थे, कि उसे इनकी गिनती करना भी कठिन हो जाता था। दिल्ली में छह इमारतों में उसके दफ़्तर थे।

लोटस क्लब से अध्यक्ष ने उसे एक पत्र लिखा था कि वह उत्सव में पधारने की कृपा करे, और उसने तत्काल स्वीकार कर लिया था। बहुत व्यस्त मन्त्री होने के कारण रोज़ अखबारों में उसकी खबरें छपती रहती थीं, और अब मालगुडी जैसे साधारण कस्बे को भी यह सौभाग्य प्राप्त हुआ था, इसलिए यहाँ के लोग बहुत सन्तुष्ट और प्रसन्न महसूस कर रहे थे।

उत्सव आरम्भ हुआ और विशेष रोशनियाँ जल उठीं। मंच पर बीचोबीच एक सुनहरी कुर्सी पर मन्त्री जी विराजमान थे और उनके बगल में दोनों ओर, एक ज़रा छोटी पर सुनहरी कुर्सी पर रोन और तीन अन्य कुर्सियों पर लोटस क्लब के अध्यक्ष तथा नगर की दो और माननीय हस्तियाँ बैठी थीं। मुझे पहली कतार के दाई ओर सबसे अलग एक कुर्सी प्रदान की गई थी, जो पत्रकार के लिए सुविधाजनक थी और मेरे ही इस कार्यक्रम का सारा प्रबंधक होने के कारण भी मुझे यह स्थान दिया गया था। मन्त्री के पीछे उसका सेक्रेटरी बैठा था, और उसके पीछे चमकती तुर्रेदार पगड़ी बाँधे एक अरदली खड़ा था।

मैं अपनी विशेष सीट से देख रहा था कि हॉल खचाखच भरा है; विद्यार्थी, वकील, व्यापारी और सामान्य स्त्री-पुरुषों की मिली-जुली भीड़, स्त्रियाँ ज़्यादातर अफसरों की पत्नियों थी। बहुत से छोटे-छोटे बच्चे शोर मचाते इधर-उधर दौड़ रहे थे। प्रबंधक इन पर काबू पाने के प्रयत्न में लगे थे लेकिन ये कुर्सियों के आगे-पीछे चक्कर लगाते उन्हें थका रहे थे। मंच पर बैठे प्रमुख जन इन पर ध्यान न देने का नाटक कर रहे थे, लेकिन पूर्व जज ने एक प्रबंधक को बुलाकर कहा कि इन बच्चों को शान्त कीजिए।

यह सुनकर वह आदमी स्त्रियों के सामने जाकर बोला, ''अपने बच्चों पर काबू कीजिए?''

एक औरत ज़ोर से बोली, ''इनकी माँओं से कहो, मुझसे नहीं''

''इनकी माँएँ कहाँ हैं?'' कोई जवाब नहीं आया। आदमी लाचार खड़ा इधर-उधर देखता रहा, फिर एक बच्चे को पकड़कर उसके कान में कहा, ''देखो, बाहर मिठाई बँट रही है।'' यह सुनकर वह तेजी से घूमा और बाहर की तरफ़ भागा, और उसके पीछे और बच्चे भी भागने लगे। किसी ने समझाया, ''पड़ोसियों के बच्चे है, हमारे नहीं।''

पूर्व जज ने पेपरवेट से मेज़ पर ठहोका मारा, गिलास उठाकर पानी पिया और बोलना शुरू किया, ''हमें बड़ी प्रसन्नता है कि माननीय मंत्री जी यहाँ पधारे हैं। इसके बाद उसने राष्ट्र को महान बनाने में मन्त्रियों का क्या योगदान होता है, इसे विस्तार से स्पष्ट किया। पच्चीस मिनट तक उन्होंने यह सब बातें कहीं। फिर दो मिनट तक मुख्य वक्ता डॉ. रोन के बारे में बताया और मन्त्री महोदय से उद्बोधन करने की प्रार्थना की। मन्त्री जी कुशल वक्ता थे, उन्होंने माइक

को कसकर पकड़ा और बोलना शुरू किया।''

''मेरे सम्मानीय बुज़ुर्गो, देश की गौरवशाली माताओं और यहाँ उपस्थित बंधु-बांधवो—मेरे सामने एक विश्वविख्यात विद्वान हैं जो बहुत दूर से पधारे हैं और जिन्होंने अपना जीवन...,'' यहाँ वे रुके और सामने पड़े कागज़ पर ध्यान से नज़र डालकर बोले, ''भविष्य विज्ञान'' के अध्ययन के लिए समर्पित किया है। आप पूछेंगे कि यह भविष्य विज्ञान क्या है। इसके बारे में वक्ता महोदय अभी आपको बतायेंगे। मैं यह विषय उन्हीं पर छोड़ता हूँ। मैं सिर्फ़ जवाहर लाल जी ने एक समय जो कहा था, उस पर रोशनी डालूँगा। इसके बाद उन्होंने महात्मा गाँधी के दर्शन पर बोलना शुरू कर दिया। उन दिनों मैं बच्चा था, लेकिन देश की सेवा करना, भले ही वह बहुत छोटा कुछ काम हो, अपने जीवन का उद्देश्य मानता था—हमें अपने महान नेताओं से प्रेरणा मिलती थी। महात्मा गाँधी जहाँ भी जाते, मैं उनके साथ हमेशा मौजूद रहता था—और हाँ, जवाहर लाल जी तो उनके साथ रहते ही थे, और भी दूसरे महान नेता और देशभक्त भी होते ही थे। मैं बच्चा ही था लेकिन महात्मा जी और नेहरू जी मुझे प्रोत्साहित करते रहते थे, और आज मैं जो कुछ हूँ वह उन्हीं के प्यार की बदौलत हूँ और मैंने जो देश की सेवा की है यह भी उन्हीं की कृपा है। इसके बाद उसने लार्ड माउंट बैटन को भी अपने गुरुओं में एक माना, और फिर महात्मा जी पर लौट आए, और बताने लगे कि अपनी मृत्यु के दो दिन पहले गाँधी ने उनसे क्या कहा था, कि ''मेरी अंतरात्मा कह रही है कि मेरा अन्त निकट है,'' जिसे सुनकर वे, भावी उपमन्त्री, फूट-फूटकर रो पड़े और उनसे प्रार्थना की कि ये शब्द न कहें, जिसे सुनकर गाँधी जी ने कहा, ''कल बिड़ला हाउस की प्रार्थना सभा में तुम मौजूद थे? तुमने गेट पर खड़े लोगों पर ध्यान दिया था? मैं समझ गया था कि वे क्या कह रहे हैं...।''

इस समय मैंने देखा कि उपमंत्री की आवाज़ से प्रभावित दो-तीन बूढ़े झपकी लेने लगे हैं। मैंने डॉ. रोन पर भी नज़र डाली जो ऑक्सफोर्ड की अपनी थ्री-पीस पोशाक में शान से कुर्सी पर बैठा था, हालाँकि वह भी उपमन्त्री के धाराधार भाषण से बोर होता लग रहा था। वह अपने भाषण के टाइप किए कागज़ों पर नज़र गढ़ाये शायद यह सोच रहा था कि मुझे बोलने का मौका मिलेगा भी या नहीं। उपमन्त्री बिना रुके एक घंटे से ज़्यादा बोल चुके थे, शब्द उनके मुँह से

लावे की तरह फूटकर निकल रहे थे। उसके भाषणों से परिचित लोग जानते थे कि अन्त में वे महात्मा गाँधी का उल्लेख अवश्य करते हैं। परन्तु यहाँ उपस्थित लोग यह नहीं जानते थे और सोच रहे थे कि क्या आधी रात तक उन्हें यह भाषण सुनना पड़ेगा।

तभी छात्रों के एक दल से आवाज़ सुनाई दी, ''हम मुख्य वक्ता का भाषण सुनना चाहते हैं।'' इस माँग की उपेक्षा करके उपमन्त्री ने, जो संसद में इस तरह के हस्तक्षेपों का आदी हो चुका था, जैसे खुश होकर कहा, ''जी हाँ, मैं भी आप सबकी तरह उनका भाषण सुनने का इन्तज़ार कर रहा हूँ, कि वे भविष्य...,'' यह कहकर उसने फिर सामने रखे परचे पर नज़र डाली और कहा, ''लेकिन पहले मुझे अपनी बात ख़त्म कर लेने दें। मैं जो कह रहा हूँ वह भी इसी से सम्बन्धित है। यह कहकर वह घरेलू कारीगरी की चर्चा करने लगा। पन्द्रह मिनट तक बोलने के बाद, जब उसके विरोधी थक कर चुप हो गए थे, वह अचानक चुप होकर कुर्सी पर बैठ गया।'' फिर बगल में बैठे रोन से फुसफुसा कर कहा, ''मैं आपका भाषण कल अखबारों में पढ़ लूँगा, वे छापेंगे ही। अब मुझे बागल जाना है एक और मीटिंग है, लोग इन्तज़ार कर रहे होंगे। उसे भी निबटाकर त्रिची हवाई अड्डे पर पहुँचना है। आज रात तक दिल्ली ज़रूर पहुँचना है। आप मुझे माफ़ करेंगे...।'' यह कहकर उसने गर्दन हिलाई तो अरदली ने आगे बढ़कर उसकी माला वगैरह उठा ली, जो जज साहब ने उन्हें पहनाई थी और दोनों एकदम वहाँ से चल दिए।

अब रोन का औपचारिक परिचय कराया गया और वह माइक पर बोलने लगा,

''आप जानते ही हैं कि विनाश कितने करीब है...''

श्रोताओं में से किसी ने कहा, ''हमें नहीं पता। कभी कुछ सुना ही नहीं। अब आप बताइये।''

''रोन भाषण पढ़ता रहा और चुनौती के ख़्याल से एक उँगली बराबर ऊपर उठाये रहा। मनुष्य आज़ाद पैदा हुआ था लेकिन अब वह सब जगह ज़ंजीरों में जकड़ा है। रूसो ने कहा था...''

''नहीं, वाल्टेयर ने कहा था,'' किसी ने टोका।

''इन्हीं में से कोई था, लेकिन इससे क्या फ़र्क पड़ता है। अब वक्त आ गया है, जब हम इन ज़ंजीरों को देखें, भले ही वे हमें दिखाई न देती हों। ये

ज़ंजीरें हमें बिल्कुल ख़त्म कर देंगी, अगर वक्त रहते हम उन्हें समझ नहीं लेते, ये ज़ंजीरें और बाधाएँ जो आज छिपी हुई हैं...''

''ठीक है, हम लुहार से ज़ंजीरें ठीक करा लेंगे, आप अपनी बात कहिये।''

एक दूसरी तरफ़ से आवाज़ आई, ''इस आदमी को बाहर निकाल दो। यह मीटिंग में गड़बड़ी फैला रहा है। आप अपना भाषण जारी रखें। यह आदमी हर मीटिंग में यही तमाशे करता है।''

रोन ने पढ़ना जारी रखा। उसमें ईसाई समुदाय ''सेविंथ डे एडवेन्टिस'' के प्रचारकों में जैसी नाटकीयता थी। उसकी आवाज़ कभी ऊँची उठती और कभी एकदम धीमी पड़ जाती। कभी वह फुंकार भरता, कभी आह भरता और कभी ज़ोर से चीखता—यह सब वह अपने वक्तव्य के हिसाब से करता था। विषय था सन् 3000 में दुनिया का नाश। जब वह ज़हरीली घास का नमूना हाथ में उठाकर दिखाता और उसके दुष्प्रभाव का वर्णन करके बताता, तो लोग चुपचाप देखते रहते। अन्त में उसने कहा, ''यह बोतल में बन्द शैतान की तरह ऊपर से देखने पर बेकार सा लगता है। लेकिन बोतल खोलिए और तब देखिये, उसका तमाशा—यह भी उसी तरह बढ़ने वाली घास है।'' उसने बड़े विस्तार से इसके प्रभाव का विवरण दिया और कहा कि सन् 2500 तक आधी दुनिया उससे ढक जाएगी।

''यह दरअसल मनुष्य भक्षी की तरह है। अमेज़ॉन के कई इलाकों में इसे मनुष्य भक्षी घास ही कहा जाता है। पहले इस शब्द का अर्थ यह समझा जाता था कि यह मनुष्य के खाने वाली घास है, जो गलत है, परन्तु इसका सही अर्थ यह है कि यह घास अन्य पौधों को खाती है और उन्हीं पर पनपती है। यह अपने आस-पास उगने वाले सब पौधों को, उनकी जड़, तने और पत्तियों समेत खा जाती है, और प्यास बुझाने के लिए ज़मीन के भीतर के पानी की तलाश करती है, फिर वह चाहे जितनी गहराई में क्यों न हो। मेरे संग्रह में एक तार की तरह पतली जड़ है जिसे मैंने खींचकर निकाला तो वह 300 फीट लम्बी निकली। मैंने माइक्रोस्कोप में उसकी जाँच की तो पाया कि आख़िरी सिरे पर पानी से भरी थैलियाँ थीं। इससे यह होगा कि पृथ्वी के ऊपर और नीचे का सारा पानी ख़त्म हो जाएगा क्योंकि इसकी अरबों थैलियाँ धीरे-धीरे सारा पानी पी जाएँगी और यह पृथ्वी की सतह पर पहुँचकर भाप बनकर हवा में उड़ जाएगा।''

‘‘वैज्ञानिक, जीवशास्त्री और रसायनशास्त्री गुप्त रूप से ऐसे उपायों की खोज में लगे हैं जो इस घास का नाश कर सके। गुप्त रूप से वे इसलिए कर रहे हैं कि मनुष्य डर न जाए। लेकिन यह घास उनके प्रभावों से लड़ने की क्षमता उत्पन्न कर लेती है और एक पीढ़ी समाप्त होने के बाद उत्पन्न होने वाली दूसरी पीढ़ी इन्हें बरदाश्त करने लायक बन जाती है। देखा गया है कि हर विनाशक रसायन इसके भोजन का काम करता है और इसके बढ़ने में मदद करता है। इससे हमें क्या उस दैत्य की याद नहीं आती जिसका खून पृथ्वी पर गिरने से उसकी हर बूँद से एक दैत्य पैदा हो जाता है?’’

‘‘इस तरह बोलते रहने के बाद उसने एक और भयंकर बात यह बताई, कि पृथ्वी पर एक मनुष्य के बदले आठ चूहे हैं, यानी हम अपने लिए जितना अन्न पैदा करते हैं उसका आठवाँ हिस्सा ही हमारे खाने के लिए बचता है, बाकी सब ये चूहे ही खा जाते है यानी उस अन्न का आठवाँ हिस्सा ही सही उपयोग में आता है।’’

‘‘यह सही उपयोग क्या हुआ?’’ एक कोने से किसी ने चिल्लाकर पूछा। ‘‘क्या चूहों को खाने का अधिकार नहीं है? इस पृथ्वी पर वे भी हमारी ही तरह जीवित प्राणी हैं।’’

जिस लड़के को पहले निकाल दिया गया था, वह शायद फिर वापस आ गया था। लेकिन इस बार उसका पता नहीं लगाया जा सका। किसी और ने ज़ोर से कहा, ‘‘डाक्टर साहब, आप उसकी परवाह न करें, अपनी बात जारी रखें। यह कोई पागल लगता है।’’

‘‘मैं पागल नहीं हूँ, विद्वान हूँ। मैंने पीएच.डी. की है।’’

गाईस इस आदमी की तलाश करने खड़े हो गए। एक तरफ़ कुछ अशान्ति सी हुई। श्रोताओं में से कुछ लोग जो बोर होने लगे थे, दरवाज़े की तरफ़ खिसक गए। रोन परेशान-सा चुप हो गया। मैंने फुसफुसाकर उससे कहा, ‘‘आप क्यों परवाह करते हैं इन बातों की, बोलते रहिये।’’

वह फिर पढ़ने लगा, ‘‘ऐसी दर्जनों समस्याएँ हमारे सामने मुँह बाय खड़ी हैं।’’ इसके बाद पूरे पौन घंटे तक वह एक-एक करके इन समस्याओं के बारे में बताता रहा। भयंकर भविष्यवाणियाँ कीं उसने। वह चीख़-चीख़ कर कहने लगा, ‘‘चूहे हमारा सब खाना ख़त्म कर देंगे और यह घास हर वस्तु को नष्ट कर देगी,

वह इन चूहों को भी मार डालेगी, और इतनी ऊँची हो जाएगी! जिसकी अभी हम कल्पना भी नहीं कर सकते—हालाँकि वर्तमान समय में यह प्रति दशक में एक मिलीमीटर के दसवें हिस्से तक ही बढ़ रही है, परन्तु अन्त में यह ज़बरदस्त ऊँचाई तक पहुँच जाएगी और हमारी पृथ्वी से आसमान की ओर फैलने लगेगी, यहाँ तक कि दूसरे ग्रह के प्राणी भी उसे देख सकेंगे कि उसने हमारी धरती का सारा पानी पीकर इतनी ऊँचाई प्राप्त कर ली है। अगर उनमें से कोई अपने इन्फ्रा-रेड विशाल टेलिस्कोप से नज़र डालेगा तो उसे हमारी पृथ्वी पर मनुष्यों और पशुओं के लाखों करोड़ों अरबो हड्डियों के ढाँचे चारों तरफ़ फैले दिखाई देंगे तो जो इस मारक घास को हड्डी की खाद दे रहे होंगे...''

यह सुनकर कोई चीखा, ''तो फिर हमारे नाती-पोतों का क्या होगा?''

कहीं और से आवाज़ आई, ''यह महिला बेहोश हो गई है। डॉक्टर बुलाओ।''

जो औरत कुर्सी से गिर पड़ी थी, लोग उसके इर्द-गिर्द इकट्ठे होने लगे। कुछ पानी ले आए और उसके मुँह पर छिड़ककर पंखे से हवा करने लगे।

''भीड़ मत लगाओ। हवा आने दो।''

उसने आँखें खोलीं तो कोई उसे समझाने लगा, ''मैडम जी, यह सब सन 3000 में होगा, आज तो नहीं हो रहा है।''

''अगर हो जाए?'' उसने प्रश्न किया।

एक और औरत कह रही थी, ''हम इस तरह नष्ट होना नहीं चाहते—हमारे बच्चों को बचाना होगा।''

''बच्चे'' शब्द सुनकर जो बेहोश हुई औरत फिर होश में आ गई थी, दो बार चीखें मारकर चिल्ला उठी, ''अरे, बच्चों को कहीं सुरक्षित जगह ले जाओ।'' इस पर दूसरी औरतों ने भी उसका साथ देते हुए शोर-शराबा करना शुरू कर दिया, और अपने-अपने बच्चों को लेकर हॉल से निकलना शुरू कर दिया, और खेल रहे बच्चे भी उछल-उछल कर एक सुर में गाने लगे, ''निकलो यहाँ से, सब निकलो भाग चलो, यहाँ भूत आएगा, भूत।'' कुछ लोगों ने औरतों को शान्त करने की कोशिश की, ''आप लोग शान्त हो जाइये, अभी कहीं कुछ नहीं होगा, हज़ार साल बाद होना है यह...''

''आप कौन हैं यह कहने वाले? आपको क्या अधिकार है यह कहने का? आज भी हो सकता है यह!''

सब लोग खड़े हो गए थे और सभा में खलबली मच गई थी। भूतपूर्व जज साहब, जो उपमन्त्री को साथ लेकर आए थे, चुपचाप उठे और बाहर खिसक गए। पुलिस भी भाग ली। उत्साही युवकों ने कुर्सियाँ उठाकर उन्हें तोड़ना शुरू कर दिया। लोग तेज़ी से बाहर निकलने लगे।

किसी शैतान बच्चे ने चिल्लाकर कहा, ''साँप....कोबरा साँप...कुर्सी के नीचे घूम रहा है।''

''कहाँ? अरे कहाँ?'' लोग उछलकर अपनी बेंचों और कुर्सियों पर चढ़ने लगे। टूटी हुई कुर्सियाँ और बेंचें बाहर इकट्ठी करके उनमें आग लगा दी गई। किसी ने उपद्रव का लाभ उठाकर हॉल की रोशनियाँ बुझा दीं, हालाँकि मंच पर लगी रोशनियाँ पता नहीं कैसे, जलती रहीं। कुछ गुंडेनुमा लोग हाथों में डंडे लेकर मंच पर चढ़ गए और नारे लगाने लगे,....''मुर्दाबाद!''

रोन अपनी कुर्सी पर मूर्खों की तरह बैठा यह तमाशा देख रहा था, मानो उसे इस तरह का विनाश देखकर भी अच्छा लग रहा हो, मैंने उसे कॉलर से पकड़ा और अपनी तरफ़ खींचते हुए कहा, ''बाहर निकलो, जल्दी चलो, नहीं तो ये लोग तुम्हें भी मार डालेंगे।''

''लेकिन क्यों? क्यों मार डालेंगे?'' वह पूछने लगा। मैं उसे खींचकर मंच के पीछे ले गया और एक दरवाज़ा खोलकर उसे बाहर अँधेरे में ढकेलकर धीरे-धीरे बाहर उजाले में ले आया।

दो आदमी उसे देखकर सामने आए और बोले, ''इधर, डॉक्टर साहब, इधर। आपकी गाड़ी यहाँ है।'' वे उसे गाड़ी की तरफ़ ले गए, उसे भीतर ढकेलकर दरवाज़ा बन्द किया और चल पड़े। यह मैंने रोन को आख़िरी बार देखा। इसके बाद फिर कभी नहीं।

कुछ दिन बाद कमांडेन्ट का एक पोस्टकार्ड प्राप्त हुआ : ''धन्यवाद देती हूँ इसके लिए। मेरे साथी उसे उस गाड़ी में ले आए जहाँ मैं इन्तज़ार का रही थी। मुझे विश्वास है, अब यह आदमी सुखी रहेगा। मैं उसे नज़रों से दूर नहीं होने दूँगी। यह कह रहा है कि इसका सामान इसी पते पर भिजवा दें।''

~

गफ़ूर ने अपनी एम्बैसडर कार टाउन हॉल के मुख्य प्रवेश द्वार से ज़रा दूर सड़क के किनारे खड़ी की थी और धीरज से अपने यशस्वी ग्राहक का इन्तज़ार कर रहा था। जब हॉल खाली हो गया, भीड़ बाहर चली गई, तब बत्तियाँ बुझवाकर मैं भी घर लौटने के लिए निकला। सड़क पर पहुँचा तो गफ़ूर की टैक्सी दिखाई दी। "तुम यहाँ क्या कर रहे हो?" मैंने पूछा।

"बात यह है—उसने मुझे यहाँ इन्तज़ार करने के लिए कहा था, पीक हाउस का सफ़र लम्बा है—उसका सारा सामान मैंने गाड़ी की डिक्की में रख लिया है। उसके कहने पर शाम को तुम्हारे घर से सब उठा लिया था।"

"तो तुम अब भी रॉल्स-रॉयस लेने का इरादा कर रहे हो?" यह कहकर मैं हँसा।

"क्यों नहीं?" उसने कहा। "वह मुझे जितना बिज़नेस दे रहा है, और मेरा ख़्याल है कि वह मुझे बंबई और दिल्ली भी ले जाएगा?"

"वह तो दिल्ली चला भी गया," मैं बोला और उसे सारी कहानी सुनाई। "लेकिन तुम उसे गलत नहीं कह सकते। आख़िरकार वह अपनी बीवी के पास ही गया है, जिसका उस पर हक़ भी है, और इसे साबित करने वाला सर्टिफिकेट भी है।"

"लेकिन अब उस लड़की का क्या होगा? वह तो वहाँ इन्तज़ार कर रही है।"

"कहाँ?"

"वह अपना सामान लिए स्कूल के वरांडे में बैठी है। उन्हें पीक हाउस जाना था जहाँ..."

"चलो, इस लड़की को उसके घर पहुँचा दें।"

लड़की गाड़ी देखते ही बाहर निकल आई और कहने लगी, "तो मीटिंग खत्म हो गई? मैं कितना चाहती थी कि मैं भी वहाँ तुम्हें बोलते हुए सुनूँ और जनता के सामने तुम्हारी शान देखूँ..." फिर खुशी से चीखी, "तो अब हम आज़ाद हैं...तुम भी कितने खुश होगे—" फिर एकदम चुप हो गई।

गफ़ूर तेजी से गाड़ी से उतरा और उसे सारी बात समझाने के लिए आगे बढ़ा कि स्थिति कितनी बदल गई है। फिर उसने मुझे देखा तो पागलों की तरह बिलखने लगी, "मैं तुम लोगों पर यकीन नहीं करती। तुम सब उसके खिलाफ़

हो। वह तो कितना अच्छा था, दयालु उदार और बेहद प्यार करने वाला। तुम उसे समझते ही नहीं, कोई भी नहीं समझता। मुझे उसके पास ले चलो, जहाँ भी हो वह, जिससे मैं उसी के मुँह से सच्चाई सुन सकूँ। प्लीज़, मैं विनती करती हूँ...'' वह इसी तरह देर तक कलपती रही।

मैंने महसूस किया कि उसके सामने रोन की तस्वीर एकदम भिन्न थी। वह उसे ईश्वर की तरह मानती थी जो कुछ भी गलत नहीं कर सकता। उसका चेहरा आँसुओं से बदशक्ल हो उठा और पूजा की तरह उसके शब्द धारा प्रवाह मुँह से निकल-निकलकर बहते रहे। मुझे यह देखकर ज़बरदस्त धक्का लगा कि उसका सम्बन्ध इतना गहरा हो चुका है। मैं हक्का-बक्का रह गया, और सोचने लगा कि यह भी उसी ज़हरीली घास की तरह इसके जीवन पर फैल गया था। इसलिए अब रोन के बारे में उससे कुछ कहना बेकार ही था, उस पर मेरी किसी बात का कोई असर नहीं होगा, उसने हमारे बीच जो दीवारें खड़ी कर दी थीं, वे सत्य को उस तक पहुँचने ही नहीं देगीं।

हमने उसे बोलने दिया। गफूर मेरा प्रिय था, इसलिए उसने भी समय बरबाद होने का बुरा नहीं माना। उसने भी लड़की को बचपन से ही देखा था। और इस परिवर्तन पर चकित था। उसे गाड़ी तक लाने में हमें काफ़ी समय लगा। गफूर ने उसका बक्सा उठाकर गाड़ी में रखा। वह खुद थककर इतनी चूर हो चुकी थी, कि एक हल्के से धक्के से ही गाड़ी में चली गई और एक और धक्के के बाद सीट पर लुढक गई। अब उसे परवाह नहीं थी कि हम कहाँ जा रहे हैं। जब हम पाम ग्रोव स्ट्रीट में घुसे, उसने कहा, ''दादा को मत जगाना। मैं खुद चली जाऊँगी।''

मैं हिचका—आधी रात हो गई थी—लेकिन उससे बहस करना बेकार था। हमने धीरे से उसे घर के दरवाज़े के सामने उतारा, धीरे से उसका बक्सा उसे पकड़ाया और चुपचाप वहाँ से बाहर आ गए। हमें एक-दूसरे से कहने के लिए कुछ नहीं था, और कबीर स्ट्रीट पहुँचने तक दोनों चुप बने रहे। घर पहुँचकर उसने बड़ी घरघरी आवाज़ में कहा—वह भावनाओं से सराबोर था और उसका गला रुँध रहा था—''मैं इस सामान का क्या करूँ?''

''अभी यहीं रख दो, मैं बाद में देखूँगा।''

''मीटर का पैसा कौन देगा?''

"मैं कल लोटस क्लब से दिलवा दूँगा।"

चलते-चलते वह कहने लगा, "बड़ी प्यारी लड़की थी।"

~

इसके बाद मुझे हफ़्ते भर तक टाउन हॉल की लायब्रेरी जाने का समय नहीं मिला। फिर जब मैंने दोबारा खबरें इकट्ठी करना और रिपोर्ट भेजना शुरू किया, तब एक शाम मैं लायब्रेरी जा पहुँचा। बूढ़ा मुझे देखते ही कहने लगा, "मैं तो तुम्हीं को ढूँढ़ रहा था। कहाँ रहे इतने दिन? बेटी बहुत बीमार है। उस दिन स्कूल की पिकनिक से लौटने पर उसे कुछ हो गया लगता है....कुछ उलटा-सीधा खा लिया होगा...जवान लोग हैं...और वह लौट भी जल्दी आई। मैंने डॉ. कृष्णा को बुलाया और उसे दवा दिलवा दी है।"

"अरे, ठीक हो जाएगी," मैंने ज़बरदस्ती हल्का मन दिखाते हुए कहा,"

"हम घर के मंदिर में व्रत करेंगे तो वह जल्द ठीक हो जाएगी? यह हमसे गलती हुई है।" वह बोला "हाँ, हाँ कीजिए, अच्छा असर पड़ेगा।"

~

मुझे उसकी कमी महसूस होती थी। रोन के बिना सामने का कमरा खाली-खाली लगता था। मुझे भी अकेलापन लगने लगा और बोरियत महसूस हुई। मैंने कमरा खाली रहने दिया, यह सोचकर कि शायद कोई दूसरा रोन यहाँ आ जाए, या वही अपना महान ग्रन्थ पूरा करने वापस आ जाए, या लायब्रेरियन की पोती की शिक्षा पूरी कराने के मिशन पर वह यहाँ आ धमके। उस समय यह सवाल मुझे बहुत विचलित करता था लेकिन अब वह काफ़ी सही ही लगने लगा था। मैंने ही शायद स्थिति को गलत समझा था। उनका सम्बन्ध हो सकता है, केवल दोस्ताना ही रहा हो। अपनी इस सोच पर मुझे हँसी आने लगी। आदर्श सम्बन्ध के लिए किसी को गफ़ूर की टैक्सी पर पीक हाउस जाने की ज़रूरत नहीं पड़ती। आदर्श प्यार के लिए गुप्तता नहीं बरती जाती, न लम्बे लम्बे सफ़र तय किए जाते हैं। मुझे यह बात दरगुज़र नहीं करनी चाहिए, मैंने अपने से कहा। सच्चाई को समझना

चाहिए। वह तो बेशरम और बेरहम औरतबाज़ था ही, और मुझे ईश्वर को धन्यवाद देना चाहिए कि लड़की को मेरे घर में नहीं ले आया। तब तो कबीर स्ट्रीट में दंगा ही हो जाता, और ऐसी स्थितियों में लोग क्या-क्या कर सकते हैं, यह पता चल जाता।

सौभाग्य से कहीं कुछ नहीं हुआ लड़की इस संकट से एकदम सही सलामत वापस निकल आई। वह कॉलेज भी नियमित रूप से जाने लगी—इसका पता मैं समय-समय पर लायब्रेरी में समझदारी से पूछताछ करके लगाता रहता था। बूढ़ा बड़ी खुशी से उसकी खबरें देता रहता था। ''अरे, आजकल वह बहुत ज़्यादा पढ़ने लगी है। स्कूल के बाद घर आती है और शाम तक लिखती-पढ़ती रहती है। उसकी दादी को फ़िक्र भी होती है, और वह चाहती है कि वह बाहर जाकर घूमे-फिरे, सहेलियों के साथ रहे। लेकिन उसकी तो किसी में भी कोई रुचि नहीं रही, और वह बहुत ज़्यादा गम्भीर हो गई है।''

ग्राहकहीन होटल में रोन के बारे में मैं जो कहता था, उसमें इस कहानी को दबा जाता था और लड़की से सम्बन्धित किसी भी बात की चर्चा बिल्कुल ही नहीं करता था, जिससे उसकी बदनामी न हो। अगर कभी कोई गिरिजा के बारे में कुछ कहता भी, तो मैं उसे आगे बढ़ने ही नहीं देता और कहता कि लोगों को ऐसी बातें करने में मज़ा आता है। फिर भी रोन के अचानक मेरा घर छोड़कर चले जाने की घटना किसी की समझ में नहीं आती थी।

वर्मा ने सबसे पहले मुझसे पूछा, ''तो वह महिला जलसे से अपने पति को उड़ा ले गई। वाह, क्या बात है! इसके बाद क्या हुआ?''

''मैं कहूँगा कि इसके बाद दोनों आराम से एक साथ रहने लगे—कल ही कमांडेन्ट सरसा की चिट्ठी आई है, वह उसे सँभालकर रखती है। मेरा ख़्याल है अब वह उसी के साथ रहेगा। आख़िरकार पति-पत्नी लड़ते भी हैं, पर यह आख़िरी बार है, दोनों अब उस स्थिति से गुज़र चुके हैं।''

वर्मा इस बात से बहुत प्रभावित था कि पत्नी ने इस तरह पति को अपने साथ रहने के लिए विवश कर दिया।

''इससे हमें सावित्री और सत्यवान की कहानी याद आती है। सावित्री किस तरह यम का पीछा करती रही, और बार-बार उससे विनती करके आख़िरकार उसे वापस भी ले आई—मृत सत्यवान उसकी दृढ़ता से जीवित हो उठा और घर

वापस आ गया। मेरा ख़्याल है, यह कमांडेन्ट भी उसी जैसी औरत है।''

मैं उसकी बातें सुनता रहा, न उनको स्वीकार किया, न खंडन किया, वे जो चाहें निष्कर्ष निकालें। मैं सोचने लगा कि सैंतीस साल के अपने केलेन्डरों के संग्रह में कहीं न कहीं इस घटना का भी एक कैलेन्डर ज़रूर होगा, जिसमें यम सत्यवान को लिए जा रहा है और सावित्री उसके पीछे दौड़ती पाँव पड़ती उसे मनाने में लगी है। वर्मा के सब दाशर्निक विचार इन्हीं कैलेन्डरों पर आधारित होते थे।

टाउन हॉल के जलसे का यह हश्र कुछ दिन होटल के लोगों की चर्चा का विषय रहा, फिर लोग उसे भूल-भाल गए और उन्होंने मान लिया कि यह कुछ गुंडे-बदमाशों का काम था जो कुर्सियों की तोड़-फोड़ करने का मज़ा ले रहे थे। लेकिन एक व्यक्ति ने यह कहा :

''बात यह है कि वक्ता ने दुनिया को एटमबम से उड़ा देने की धमकी दी। मैं खुद तो वहाँ नहीं था, लेकिन मेरा भतीजा, जो एलबर्ट मिशन में पढ़ता है, कहता था कि वक्ता ने धमकियाँ भरा भाषण दिया था।''

सुनने वालों को यह बात समझ में आई और उन्होंने, वहाँ इस कारण जो हुआ, उसका समर्थन किया।

एक और आदमी बोला, ''लेकिन मुझे किसी ने बताया है कि मन्त्री जी का भाषण बहुत अच्छा और शानदार था।''

मैंने न रोन की तरफदादी की और न उसकी बात को सही कहा यह मेरा काम नहीं था।

~

लेकिन मैं बराबर यह सोचता रहा कि रोन पर अब क्या बीत रही होगी—उखड़ा-उखड़ा घरेलू मन जिसे वह दूरस्थ दिल्ली में झेल रहा होगा। मुझे उम्मीद थी कि वह मुझे पत्र लिखेगा, लेकिन जिस तरह उसे अपना भाषण ख़त्म करना पड़ा। और फँसाया गया। उसे स्वीकार न कर पाने के कारण उसने मुझे कुछ नहीं लिखा था।

छः महीने बाद एक शाम जब मैं लिफ़ाफा डालने स्टेशन गया, तो स्टेशन

मास्टर दौड़कर मेरे पास आया और बोला, ''वह देवी जी वेटिंग रूम में हैं—शाम को ही जीप से आई हैं।'' मैंने उधर नज़र डाली तो देखा कि उसकी विशालकाया अपनी खाकी यूनिफार्म में खड़ी मुझे देख रही है। मुझे देखकर उसने हाथ हिलाया और आने का इशारा करके भीतर चली गई। कुछ मिनट बाद वह कपड़े बदलकर बाहर निकली—अब उसने हल्के पीले रंग की साड़ी पहन ली थी। वह ज़ोर से हँसी और कहने लगी, ''मुझे देखने की उम्मीद तो नहीं होगी, लेकिन मैं आ गई हूँ।'' उसने पहले की तरह बाहर बैठने के लिए दो कुर्सियाँ डलवाई और स्टेशन मास्टर की ओर देखकर, जो उसका हुक्म बजा लाने के लिए वहीं खड़ा था, कहा, ''मास्टर जी, मेरा ख़्याल है, टाइम-टेबिल वही चल रहा है और ग्यारह बजे ही मालगाड़ी यहाँ से गुजरेगी, और तब तक हमें परेशान न किया जाए।''

''जी, मैडम जी, आपकी याददाश्त बहुत अच्छी है।''

''अपनी पत्नी जी से कहिये कि मुझे एक केला और एक गिलास दूध से ज़्यादा और कुछ नहीं चाहिए और कुछ खाना-पीना मेरे लिए मना है। और जब मुझे यह चाहिए होगा, मैं बता दूँगी, तब तक के लिए हमें अकेला छोड़ दें। हमें ज़रूरी बातें करनी हैं।''

इसके बाद मेरी तरफ़ मुड़कर वह बोली, ''बातू आज कोई बहाना नहीं चलेगा। आपको अन्त तक बैठना होगा और मेरी बातें सुननी होंगी। मेरे पास वक़्त की कमी है। मैं गाँवों की एक रिपोर्ट तैयार करने के लिए दक्षिण आई हूँ, और पिछले दो दिन मैं जीप में घूमती ही रही। जीप में सफ़र करना मुश्किल होता है। मैं कल सवेरे त्रिची एयरपोर्ट के लिए रवाना हो जाऊँगी और फिर दोपहर को दिल्ली के लिए निकल लूँगी मुझे बहुत कुछ बताना है। बैठ जाओ और हिलना मत। भूख लगे तो बता देना, स्टेशन मास्टर से मंगा दूँगी। बस, जाना नहीं। मेरी बातें सुनते रहना।''

मुख्य विषय पर आए बिना वह देर तक इसी तरह बातें करती रही क्योंकि उसे सन्देह था कि स्टेशन मास्टर और मुनि इधर-उधर ही होंगे और बातें सुनने की कोशिश करते होंगे। जब उसे विश्वास हो गया कि वे यहाँ नहीं हैं, तब वह मेरी तरफ़ मुड़कर काँपती आवाज़ में बोली, ''आपका मित्र फिर ग़ायब हो गया है।''

मुझे अन्दाज़ हो गया था कि यही बात सामने आनी है, इसलिए मैंने अजाने ही कहा, ''मैं यही सोचता था।''

उसने विनती की, ''अगर वह यहाँ है तो फिर मेरे हवाले कर दो—मैं यहाँ इसी उम्मीद में आई हूँ हालाँकि मैं जानती थी कि यह गलत निकलेगी।''

''मैं पूरे सद्भाव से चाहता हूँ कि आपकी फिर मदद कर सकूँ, लेकिन मेरा विश्वास कीजिए, वह यहाँ नहीं है। मुझे कोई खबर भी नहीं है। उस घटना के बाद उससे सम्पर्क नहीं हुआ।''

मैंने यह बात कई दफ़ा कही जिससे उसे विश्वास हो जाए कि मैं सच बोल रहा हूँ। उसने अपने हैंडबेग से एक नन्हा सा रूमाल निकाला, उससे आँखें पोंछी, नाक छिनकी और कहने लगी, ''ये कुछ महीने हमारे लिए बड़े सुखदायी रहे हैं। लगता था कि मद्रास के हमारे पुराने दिन फिर वापस आ गए हैं, वह भी उसी गर्म जोशी से व्यवहार करता रहा। सिर्फ़ हमारी उम्र और बाहरी शक्ल-सूरत ही बदली थी जो दूसरों को ही दिखाई देती होगी। जहाँ तक हमारा अपना सवाल है, हम मेरे पिता के बढ़ईगीरी के दिनों में जा पहुँचे थे, जब पेड़ के नीचे बेंच पर बैठे हम फुसफुसाकर एक-दूसरे से बातें करते थे। वे क्षण लौट आए थे, और हम अपने वर्तमान को भूल गए थे। मैं बड़ी कृतज्ञता से आपकी याद करती रही। लेकिन अफ़सोस, मैं उसे ज़्यादा समय नहीं दे सकी। मैं सवेरे छह बजे परेड मैदान के लिए निकल जाती, बीच-बीच में घर भी आ जाती, और कई दफ़ा सरकारी ड्यूटी पर बाहर भी जाना होता था। मुझे दो या ज़्यादा दिन के लिए भी गाँव-देहात का दौरा करने जाना होता था। बहुत काम था लेकिन मुझे पसन्द था। वह मेरी तारीफ़ करता और मुझे उत्साहित भी करता था, और इस समय घर की देखभाल भी करता था। मैं सोच भी नहीं सकती थी कि वह इतना घरेलू हो जाएगा। वह बहुत नियमित जीवन बिताने लगा था, बाहर भी नहीं आता-जाता था और हर वक्त लिखने-पढ़ने में लगा रहता था। वह कहता भी था कि अब उसका काम पहले से ज़्यादा अच्छा चलने लगा है, और अफ़सोस जताता था कि उसने पहले मेरा महत्त्व नहीं समझा। मैं शाम को जब ड्यूटी से लौटती और यूनिफ़ार्म उतारकर साड़ी पहनकर बैठती तभी हम बातें करते और रात देर तक करते रहते थे। सामने बगीचे में कुर्सियाँ डाल लेते और रात का खाना भी वहीं सितारों के नीचे बैठकर खाते थे। ग्यारह बजे वह अपने कमरे में वापस चला जाता और रात देर तक काम करता रहता। वह अक्सर कहता कि जब यह किताब निकलेगी, तब दुनिया हिल जाएगी और सब विचार बदल जाएँगे। सवेरे वह मैदान में दौड़ने

जाता, शाम को बाज़ार जाकर शॉपिंग करता, और किसी से बातचीत भी नहीं करता था। मैं भी उसे एकदम अकेला छोड़ देती थी और उसके रहन-सहन में कोई बाधा नहीं डालती थी। जब उसके विदेशों से पत्र आते तो मुझे सन्देह होता कि पुराने सम्बन्ध बनने लगे हैं, लेकिन फिर मुझे अपने ऊपर ही यह सोचने के लिए शर्म आने लगती। मैं उसे प्रेम, आदर और विश्वास करने योग्य व्यक्ति मानती थी।''

यह कहकर वह कड़ुवाहट से हँसी। ''मेरे ये सब विचार गलत थे। उसकी दग़ाबाज़ी बहुत गहरी थी। आरम्भ में उस पर शक करती थी और उसकी गतिविधियों पर नज़र रखती थी, लेकिन फिर मैंने यह करना छोड़ दिया क्योंकि यह मुझे गलत और घटिया काम लगा। इस तरह वक़्त गुज़र रहा था। ज़िन्दगी सुखी थी हालाँकि मुझे कभी-कभी यह भी लगता था कि इतनी अच्छाई ज़्यादा दिन नहीं चल सकती और फिर यही हुआ।''

''दस दिन पहले मैं तीन दिन के लिए विशेष ड्यूटी पर जयपुर गई। जाते हुए मैं उससे मिल भी नहीं सकी—उसका दरवाज़ा अभी नहीं खुला था। मैं उसे परेशान किए बिना पहले भी इसी तरह चली जाती थी। तीन दिन बाद जब मैं लौट कर आई, तब वह वहाँ नहीं था, पुरानी कहानी फिर शुरू हो गई थी। रसोइये ने मुझे बताया कि मेरे जाने के बाद उसी दिन नाश्ता करके वह कुछ सामान लेकर कहीं चला गया था। एक गाड़ी आकर उसे ले गई, उसमें एक औरत बैठी थी। मैं सोचने लगी कि यह कौन हो सकती है, कहाँ से आई होगी, और उसने यह सब कैसे कर लिया। वह बाहर के कमरे की मेज़ पर मेरे लिए एक ख़त भी छोड़ गया था।''

यह कहकर उसने खत मेरे सामने कर दिया। उसमें लिखा था : ''विदा, मेरी प्रिया। मुझे फिर जाना पड़ रहा है। हमारी ज़िन्दगी बहुत सुखी रही—उसके लिए धन्यवाद।''

''इसका क्या मतलब हो सकता है?'' उसने पूछा।

''हो सकता है, उसे अपने काम के सिलसिले में अचानक कहीं जाना पड़ा हो।''

वह कड़ुवाहट से हँसी, ''और औरत कौन थी?''

''शायद कोई शोध-सहायिका हो।''

''नहीं, माटिल्डा की एक नर्स थी। मैंने हर जगह गायब हुई औरतों की

जानकारी ली, तो पता चला कि माटिल्डा की एक नर्स अचानक इस्तीफ़ा देकर कहीं चली गई। अब मुझसे यह मत पूछना कि यह सब उसने कैसे किया—तो वह तो इस काम का माहिर था। अब मैं यह समझ रही हूँ कि वह इस सारे समय पर सही व्यवहार करने का दिखावा कर रहा था लेकिन भीतर ही भीतर यह नया रिश्ता भी आगे बढ़ा रहा था। मैं कई एयरलाइंस के दफ़्तरों और एयरपोर्टों पर गई तो मुझे पता चला कि जिस दिन मैं जयपुर के लिए रवाना हुई, उसी दिन वह फ़्लाइट से रोम गया था। रोम से वह अपनी नई प्रेमिका का सारी दुनिया में प्रदर्शन कर सकता था। एक एयर लाइन से मुझे पता चला कि जो यात्री उस दिन रोम गया उसकी शक्ल-सूरत मेरे बताये रॉन के विवरण से ही मिलती थी। दरअसल उसने अपने लिए मालगुडी में एक नए नाम का आविष्कार कर लिया था। ईश्वर ही जानता है कि वह कितने नामों से घूमता-फिरता था और उसके पास कितने पासपोर्ट थे। वह वास्तव में इन विषयों का विशेषज्ञ था। मैं भगवान से प्रार्थना करती हूँ कि उसे और नहीं, तो इस पासपोर्ट की धोखाधड़ी में ही पकड़ लिया जाए जिससे उसके आख़िरी दिन किसी जेल में ही बीतें। अब मुझे उसे देखने की कोई उम्मीद नहीं है।''

यह कहकर वह फूट-फूट कर रोने लगी। थोड़ी दूर बाद वह बोली, ''अगर मैं आपसे मिली न होती और उस अखबार में आपका टिम्बकटू का आदमी वाला समाचार न पढ़ा होता, तो मैं बहुत खुश होती। इससे भी अच्छा यह होता कि मैं अपने पिता की यह बात मान लेती कि इस आदमी से दूर रहो।''

उस जैसे शक्तिशाली व्यक्तित्व को इस तरह टूटते-बिखरते देखकर मैं विचलित हो उठा। मेरी भी आँखों में आँसू भर आए थे। कुछ देर उसे खुद इस तरह फफक कर रोने से शर्म आने लगी, वह एकदम उठी और कमरे में घुसकर भीतर से दरवाज़ा बन्द कर लिया।

❑ ❑ ❑

आर. के. नारायण की चर्चित पुस्तकें

मालगुडी का चलता पुर्ज़ा

इस चुलबुले और रोचक उपन्यास का मुख्य पात्र मार्गय्या अपने आपको बहुत बड़ा वित्तीय सलाहकार समझता है लेकिन वास्तव में वह एक चलता पुर्ज़ा के अलावा कुछ नहीं जो औरों को सलाह-मशविरा देकर और अनपढ़ किसानों को छोटे-मोटे फार्म बेचकर अपनी अच्छी खासी आमदनी कर लेता है ।

ISBN: 9789350640920   पृष्ठ: 192

मालगुडी का मिठाई वाला

साठ साल की उम्र में जगन आज भी अपने-आपको पूरी तरह जवान रखता है और कड़ी मेहनत से अपनी मिठाई की दुकान चलाता है । आराम से चल रही जगन की ज़िंदगी में उथल-पुथल आ जाती है, जब उसका बेटा माली अमरीका से अपनी नवविवाहिता कोरियन पत्नी के साथ मालगुडी आता है और यहां से शुरू होता है दो पीढ़ियों के विचारों के बीच टकराव ।

ISBN: 9789350641088   पृष्ठ: 152

प्रमुख स्थानीय व ऑनलाइन पुस्तक विक्रेताओं के यहाँ उपलब्ध या
इस वेबसाइट से मँगवाएँ
www.rajpalpublishing.com

आर. के. नारायण की चर्चित पुस्तकें

बरगद के पेड़ तले

यह पुस्तक भारत के श्रेष्ठ कहानीकार आर.के. नारायण के प्रिय काल्पनिक नगर मालगुडी की अमूल्य धरोहर में एक अनूठे नग की तरह है जिसमें सौदागर, भिखारी, साधु-सन्त, अध्यापक, चरवाहे, ठग जैसे अलग-अलग चरित्रों की दिलचस्प कहानियाँ हैं।

ISBN: 9789350643570 पृष्ठ: 192

मालगुडी का मेहमान

लेखक आर.के. नारायण ने अपने से मिलता-जुलता एक किरदार रचा है जो बेहद दिलचस्प किस्से-कहानियाँ सुनानेवाला बातूनी है। एक बार उसकी मुलाकात मालगुडी में आये डॉ. रोन से होती है। मेहमान बनकर आये डॉ. रोन मालगुडी की किसी लड़की को बहकाने के चक्कर में हैं। क्या होता है इस सबका अंजाम - पढ़िये इस रोचक उपन्यास में।

ISBN: 9789350642566 पृष्ठ: 112

आर. के. नारायण की चर्चित पुस्तकें

मालगुडी का प्रिन्टर

मालगुडी का प्रिन्टर सम्पत और श्रीनिवास की कहानी है। सम्पत मालगुडी में एक प्रिंटिंग प्रेस चलाते हैं और श्रीनिवास एक पत्र निकालते हैं, जो सम्पत के प्रेस में छपता है और यहीं से शुरू होती है दोनों की दोस्ती की कहानी जिसमें कई मज़ेदार किस्से, रोचक मोड़ और अजीबोगरीब परिस्थितियाँ आती हैं।

ISBN: 9789350640258   पृष्ठ: 200

नागराज की दुनिया

नागराज के पास रहने को एक बड़ा-सा घर है और करने को सिर्फ मनपसन्द काम। पर उनकी शांत जिंदगी में तब उथल-पुथल मच जाती है जब उनका भतीजा टिम वहाँ रहने आ जाता है। उसकी रहस्यमयी हरकतें नागराज और उसकी पत्नी की समझ से परे हैं। इसी कड़ी में एक-एक कर अनेक दिलचस्प घटनाएँ घटती हैं इस उपन्यास में....

ISBN: 9788170289197   पृष्ठ: 172

प्रमुख स्थानीय व ऑनलाइन पुस्तक विक्रेताओं के यहाँ उपलब्ध या
इस वेबसाइट से मँगवाएँ
www.rajpalpublishing.com